Conrad Cortin / Katja Kortin

Herr Benno Spazier streift das Leben

SALON *Literatur*VERLAG

1. Auflage 2006

Umschlagmotiv: Fa. LayIn, München
www.LayIn.de
Lektorat: Franz Westner
Titelbild: F. Westner / C. Cortin
Druck: DGP, München-Erlangen

SALON *Literatur*VERLAG
Westner & Gschwendtberger GbR
80687 München
Willibaldstraße 6
www.SALON *Literatur*VERLAG.de
E-Mail: info@SALON *Literatur*VERLAG.de

ISBN 3-939321-03-6
978-3-939321-03-3

An Stelle eines Vorworts

Wir kennen Cortin als witzigen und wortgewandten und konfrontationsfreudigen Satiriker und Zeitkritiker, der sich mit Büchern wie „Gedanken aus Glas“, dann mit „Das Spiel ist nicht aus“, „Ein Schritt hinter die Ewigkeit“ und „Der kleine Wahnsinn“ sowie mit „Dreimal umsteigen“ und „Impressionen aus der Innenwelt“ einen Namen machte.

Nirgendwo kann Cortin seine literarischen Ahnen verleugnen: angefangen mit dem großen Rimbaud bis zu keinem anderen als dem uns so wohlvertrauten Peter Paul Althaus. Gleichwohl weiß er dem Zeitgeist in allen seinen Formen und Unformen zu begegnen und auch Paroli zu bieten. Es stellt sich bald heraus: mit Cortins Methode kommt nie auch nur in Spuren Langeweile auf. Seine witzigen und zugleich visionären Vernetzungen gehen einem wie ein „Riesenrad“ im Kopf herum.

(*Günter Bleisch, ehem. Leiter des Seerosenkreises*)

Bonbonbilder

Bei abendlichen Unterhaltungen wurden Bonbons genascht, allerdings nicht von Katja, die Süßigkeiten nicht mochte. Sie wickelte jedes Bonbon aus dem bedruckten Papier, reichte das Bonbon Conrad und fummelte spielend an dem Papier herum. Mehr nebenbei bekuckte sie, was für Gebilde dabei entstanden. Sie war überrascht, kleine Figürchen zu erkennen. Die Titel hierzu boten sich ihr spontan an, etwa „Dame mit Schleppe“, zusätzlich angeregt durch den Aufdruck auf dem Bonbonpapier. Conrad weigerte sich, diese Gebilde einfach dem Papierkorb zu übergeben, griff zu Bleistift und Papier (Resten von Aquarell-Passepartouts) und so entstanden viele viele Zeichnungen, aus denen eine Auswahl für dieses Buch getroffen wurde.

Katja Kortin

ist in Berlin geboren und aufgewachsen. Sie absolvierte ihre Schulzeit im Kloster, dort erhielt sie auch eine Bühnenausbildung (Schauspiel, Tanz, Gesang), die sie danach privat fortsetzte. Die Folgen eines schweren Unfalls schlossen dann eine Bühnenlaufbahn aus. In München-Geiselgasteig synchronisierte sie einige Jahre englische und französische Spielfilme, gleichzeitig schrieb sie als freie Mitarbeiterin für die Sonntagsbeilage des Münchner Merkur Kurzgeschichten und Buchbesprechungen und stellte Bücher durch Buchauszüge vor. Nach einer mehrjährigen Ausbildung in Schriftpsychologie, Schriftenvergleichung und Ausdruckswissenschaft praktiziert sie als Graphologin und Schriftsachverständige. Sie veröffentlichte in Anthologien und 2004 (zusammen mit Conrad Cortin) das Buch *Magische Tiere und Geisterseher.* Außerdem erschienen mehrere von ihr besprochene Hörbücher und die CD-ROM-Trilogie *Cyberspace der Phantasie.* Ihr schauspielerisches und dramaturgisches Können setzt sie um bei literarischen Lesungen auf Veranstaltungen, in Bibliotheken, in Künstlerkreisen etc. 1987 wurde sie „Ehrenassel" des Künstlerkreises Katakombe und sie ist Mitglied beim *Freien Deutschen Autorenverband (FDA).* Zusammen mit ihrem Mann leitet sie seit Mitte 2003 den von Bernhard Ganter und Werner Schlierf 1987 gegründeten *Künstlerkreis Kaleidoskop.* Da sie schon immer Freude an der Malerei hatte, absolvierte sie schließlich eine dreijährige Ausbildung zur Aquarellmalerin.

Conrad Cortin

ist 1934 in München geboren. Er war Verlagsbuchhändler, Werbetexter, Lektor, Programmierer, ist jetzt freier Schriftsteller. Seine Texte trägt er - immer zusammen mit seiner Frau *Katja Kortin* - gerne in literarischen Kreisen vor. Inzwischen leiten er und seine Frau den von Bernhard Ganter und Werner Schlierf gegründeten *Künstlerkreis Kaleidoskop*. Cortins Lust am Absurden, an der Paradoxie, seine Neigung hinter die Fassade der Außenwelt in Innenwelten vorzudringen, bewog ihn dazu, seine Gedanken und Eindrücke aufzuschreiben, woraus mehrere Bücher entstanden sind.

Gedanken aus Glas, Ein Schritt hinter die Ewigkeit, Der kleine Wahnsinn, Der Denkerclan, und einige Hörbücher gelesen von *Katja Kortin* (Grimminger Verlag), *Das Spiel ist nicht aus* (unter Helmut Stuhlmann, Bruns Verlag), *Katja Kortin und Conrad Cortin, Magische Tiere und Geisterseher* (Magie Verlag), *Dreimal umsteigen* und *Impressionen aus der Innenwelt* (Turmschreiber Verlag) und die CD-ROM-Trilogie *Cyberspace der Phantasie* (Carussell Verlag)

Conrad Cortin / Katja Kortin

Herr **Benno Spazier** streift das Leben

Der See

Benno liebt das Wasser, es ist sein Element, und er braucht es für sein Wohlbefinden. Die meiste Zeit des Tages verbringt er auf einer Luftmatratze mitten auf dem See vor seinem Elternhaus. Die Familie lässt ihn gewähren, obwohl ihr sein Verhalten missfällt. Bei schlechtem Wetter begnügt er sich mit der Badewanne. Wenn er dann Besuch erwartet, lockt ihn das keineswegs aus der Wanne. Aber wenigstens zieht er höflichkeitshalber seine Badehose an. Das wiederum wundert seine Kusine Claudia, denn wer trägt schon Badehose in der eigenen Badewanne. Die Familie sähe es gern, wenn Benno im Geschäft, einem Feinkostgeschäft, mitarbeiten würde. Wenigstens den Einkauf sollte er übernehmen. Gestern hat er tatsächlich mal eine Stunde mitgeholfen. Er ist mit dem Rad zum Bäcker gefahren und hat Stangenweißbrot geholt. „Heute bist du aber gut drauf", meinte die Mutter. Das klang so, als nähme sie an, er würde nur bei schlechter Laune mit der Luftmatratze auf dem See herumgondeln. Dagegen protestiert er. Das Wasser entspricht eben einfach seinem Naturell. Übrigens steht der See unter Naturschutz. An und für sich dürfte sich Benno nur im westlichen Randgebiet aufhalten. Aber nach und nach hat er den ganzen See erobert, er kennt all die Schilfregionen, die stillen Buchten und all die Seevögel, die dort nisten. Sie haben keine Scheu vor ihm. Und wenn sie brüten und er sich ihnen nähert, bleiben sie seelenruhig auf ihrem Gelege sitzen.

Holzkopf

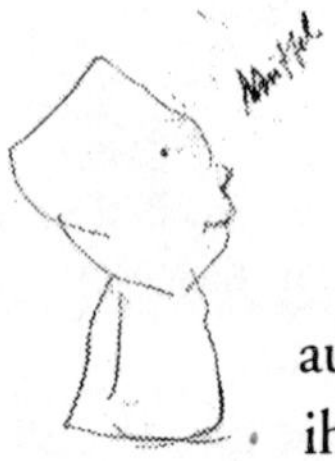

Sobald das Tageslicht Benno aus dem Schlaf schreckt, hat sich alles gegen ihn verschworen. Sein Auftritt in der Welt der Erwachsenen ist längst überfällig. Doch seine Eltern schütteln den Kopf über ihn: „Du bist und bleibst ein Holzkopf. Nun zählst du bereits 17 Jahre. Andere junge Leute in deinem Alter haben längst ihre ersten Liebschaften hinter sich und stecken sogar schon in der Ausbildung. Doch bei dir ist Hopfen und Malz verloren."

Benno wohnt bei seinen Eltern in der Vorstadt, eine halbe Fahrradstunde von der Großstadt entfernt. Die Eltern führen einen kleinen Laden und sie beauftragen Benno mit Botengängen und Lieferungen in der näheren Umgebung, mehr trauen sie ihm nicht zu. Benno träumt zwar von der großen weiten Welt, kennt diese jedoch nur aus den Büchern von Sven Hedin und Karl May.

Eines Tages sagen seine Eltern zu ihm: „Wir befürchten, dass aus dir nichts mehr wird. Aber wir machen noch einen letzten Versuch. Bring diesen Brief dem Grünen Heinrich, er wohnt in der Stadt im Grünen Haus. Falls du dich verlaufen solltest, wissen wir wenigstens endgültig, woran wir mit dir sind."

Die Großstadt mit ihrem unordentlichen Straßennetz, dem geschäftigen Treiben und den Polizisten an jeder Straßenecke ängstigen Benno. Er läuft kreuz und quer durch die Straßen der Stadt, irrt viele Stunden umher und findet am Ende weder das Haus des Grünen Heinrich noch den Weg nach Hause. Traurig gesteht er sich ein, dass seine Eltern recht damit haben, ihn einen Tor zu schelten.

Plötzlich aber ist ihm, als sei er am Ziel angelangt, als müsse er den Brief gleich hier in der Nähe abgeben. Die menschenleere Seitenstraße, die nichtssagende Fassade, vor der er steht, verraten ihm nicht, wo er sich gerade befindet. Trotzdem kommen sie ihm seltsam vertraut vor. Die eiserne Kellertür, zu der eine schmale Treppe hinabführt, zieht ihn wie ein Magnet an, erscheint ihm wie der Eingang in ein geheimnisvolles Reich unter der Oberfläche der Großstadt. Vorsichtig steigt er – am Geländer Halt suchend – die Stufen hinunter.

Die schwere Eisentüre lässt sich mühelos öffnen und er stolpert über die Schwelle in ein düsteres Kellergewölbe. Hinter einer Ausschanktheke steht eine junge Frau und schaute ihn mit schwarzen glänzenden Augen sinnverwirrend an. Langes tiefschwarzes Haar fällt rechts nach vorn über ihre Schulter. So stellt Benno sich in seinen Träumen schon immer eine Abenteuerin vor oder eine rasante Russin aus den Romanen von Tolstoi. Er wagt nicht näher zu treten und auch nicht einfach kehrt zu machen, sucht nach einem Vorwand für einen plausiblen Rückzug. Und doch verstärkt sich dieses Gefühl von Vertrautheit, als sei er mit dem Mädchen bekannt, ja als sei er sogar schon einmal in diesem Gewölbe gewesen.

Bevor er ein Wort hervorbringt, spricht ihn die Schöne an, sie heiße Mimi, und sie habe längst mit seinem Kommen gerechnet – was ihn erst recht verwirrt – und sie sehne sich weg von hier, heraus aus diesem Gewölbe, diesen grauen Mauern, in die ein fatales Geschick sie verschlagen habe. Sie bitte ihn, er möge ihr das Buch „Boheme“ besorgen; es sei ein Lehrbuch, das sie zum Studium, zur Anleitung für ihr künftiges Leben benötige.

In der Schule hat Benno schon von der „Boheme“ gehört und ist vor ihr gewarnt worden. Um eine leichtblütige, liederliche Lebensweise soll es sich dabei handeln. Je länger er Mimi zuhört, um so mehr scheint es ihm, als verkörpere sie selbst das Wesen der Boheme, und sie erweckt in ihm das unwiderstehliche Verlangen, dieser anzugehören. Alles würde er dafür tun, vor nichts würde er zurückschrecken, vor keiner noch so schwierigen Mutprobe, ja selbst mit der Polizei würde er sich notfalls anlegen. Und dann würde er sie aus dieser Höhle befreien, in der ihre entrückte Seele schmachten muss, und würde mit ihr das heißblütige Leben der Boheme führen, all die Leidenschaft ausleben, die sie hinter ihrer stolzen Haltung verbirgt. Sie solle ihm nur noch verraten, wo er das Buch „Boheme“ bekäme, er würde sich sofort auf den Weg machen.

„Du musst es eintauschen“, sagt sie, „sonst kriegst du es nicht.“ Sie greift unter die Theke und holt einen Menschenkopf hervor, den sie am Schopf hochhält und ihm hinstreckt: „Den musst du durch die Stadt tragen, bis ans andere Ende. Dort wird dich vor einem grünen Gebäude der Grüne Heinrich erwarten, er wird dir das Buch gegen den Kopf aushändigen. Um Polizisten solltest du allerdings besser einen Bogen machen."

Benno steigt mit dem Kopf in der Hand ins Freie hinauf. Und da oben, links und rechts neben der Treppe, stehen zwei Gendarmen, als lauerten sie ihm auf und wüssten von seinem Auftrag. Er rennt so schnell er kann davon, findet instinktiv den Weg nach Hause und versteckt sich mit zitternden Knien im Keller des Elternhauses.

Durch das Kellerfenster sieht er auf dem Hinterhof einen der Polizisten. Der Mann hat augenscheinlich keine Eile und unterhält sich mit Bennos Eltern. Benno harrt ungefähr eine Stunde im Keller aus; allmählich verdrießt es ihn und er ärgert sich über die eigene Mutlosigkeit. Plötzlich ist seine Furcht wie weggeblasen. Er kriecht aus seinem Versteck hervor, nähert sich der Gruppe und bleibt wie zufällig in der Nähe stehen, als gehe ihn nichts an, was die da reden.

Nach endlosem Palaver, bei dem die Eltern ihr Herz über ihren Sohn ausschütten – „mit diesem Tollpatsch von Sohn können wir keinen Staat machen" –, verabschiedet sich der Polizist. Er reicht auch Benno die Hand, wendet ihm sein weiches farbloses Gesicht zu, gleichgültige Miene zuerst und dann – von einer Sekunde auf die andere – breitet sich darauf Erkennen aus, es verzerrt sich zur Fratze. Der lasche Händedruck wird zupackend. Benno erbleicht und stammelt:

„Es ist doch nur ein Holzkopf!"

Dirndl

Im Sommer seines letzten Schuljahres trifft sich Benno hin und wieder mittags mit den Freunden Walter und Simon und dem Mädchen Angela, das er heimlich liebt, am Ufer der Isar in der Nähe ihrer Schule.

Einmal an einem sonnigen Tag sprechen sie über ihre Zukunft. Benno muss zugeben, dass er keine Ahnung davon hat, wie es nach dem Schulabschluss weitergehen soll, und er gesteht, dass er Gedichte schreibe. Die drei fordern ihn auf, welche vorzulesen.

Benno hat seine Gedichte noch nie jemand gezeigt und ärgert sich nun über sich selbst: Warum hat er es nicht für sich behalten, warum plaudert er bloß alles gleich aus. Walter klopft auf den Busch: „Du hast bestimmt welche dabei!“ Benno gibt es widerstrebend zu. Daraufhin lassen die drei nicht locker, am meisten bedrängt ihn Angela. Wie könnte er ihr, die er insgeheim liebt, etwas abschlagen.

Benno greift in seine Aktentasche mit den Schulbüchern nach dem Stapel mit seinen Gedichten und wählt einige Seiten aus. Dann beginnt er mit leiser Stimme vorzutragen. Er sieht den Gesichtern seiner Freunde nicht an, was sie empfinden.

Als er geendet hat, äußert sich Walter nach einer Schweigeminute: „Du hast ja die Seele eines Mädchens!“ Simon stimmt ihm zu. Angela schließt sich an und schlägt vor: „Jetzt solltest du mein Kleid anprobieren. Das wird dir bestimmt gut stehen." Und schon zieht sie ihr rotes Dirndl aus. Ausgerechnet seine heimlich geliebte Angela macht sich über ihn lustig. Die Freunde unterstützen sie: „Sei kein Spielverderber!"

Da sich Leute nähern und Benno Angela nicht entblößt dastehen lassen will, reicht er ihr seine Kleider und schlüpft rasch in das Dirndl. Es zwickt; besonders die Ärmel klemmen, weshalb er die Schultern hochzieht. Für seine Schulterbreite müsste man es weiter machen. Angela, die sein Hemd und seine Hose angezogen hat, findet, er sähe prächtig in dem Dirndl aus. Die Freunde stellen überdies fest, das Dirndl passe hervorragend zu seiner mädchenhaften Seele.

Benno geht zum Flussufer und blickt ins Wasser, um sich darin zu spiegeln. Er ist jetzt doch neugierig, wie er in dem Dirndl aussieht, er kann aber bei dem Wellengang nichts erkennen. Als er sich umdreht und gerade sagen will: „Nun aber Schluss mit der Vorstellung", haben sich die drei inzwischen leise aus dem Staub gemacht.

In diesem Aufzug kann sich Benno unmöglich in der Schule sehen lassen. Andererseits darf er auf keinen Fall den Prüfungstermin am Nachmittag versäumen. Um sich umzuziehen, muss er durch die ganze Stadt zum Jugendwohnheim in der Landwehrstraße, wo er zur Zeit wohnt. Zum Glück hat Benno langes wallendes schwarzes Haar, das gut zu dem Rot des Dirndls passt, so dass den Passanten nichts Ungewöhnliches an ihm auffällt. Mehrmals blickt er sich unterwegs um, aber es schaut ihm keiner nach.

Im Jugendwohnheim geht es immer lebhaft zu. Benno durchquert den Gemeinschaftssaal, in dem sich eine Menge junger Männer aufhalten. Am liebsten wäre er jetzt unsichtbar. Obwohl Mädchen nur ausnahmsweise hier Zutritt haben, stellt sich ihm niemand in den Weg. Gewiss hält man ihn für die Schwester eines der Bewohner.

Benno besitzt leider nur die eine Hose, die Angela jetzt anhat. Vielleicht aber hat einer der beiden jungen Männer, mit denen er das Zimmer teilt, eine Ersatzhose. Er durchwühlt die Schränke. Nichts. Es bleibt ihm nur übrig, in die Vorstadt zu seinen Eltern zu fahren. Die halten ihn sowieso für überdreht und sie werden denken, wenn sie ihn in dem Dirndl sehen, er sei endgültig übergeschnappt.

Warum ist er bloß jedermann gegenüber so nachgiebig. Als Benno das Kolpinghaus verlässt, sieht er Angela und deren Freundin auf der anderen Straßenseite. Sie tragen Tennisschläger in der Hand. Angela schaut zu ihm herüber. Sie hat noch seine Sachen an, sein Hemd flattert um ihre Schultern und lässt ihre Brüste frei. Benno wundert sich darüber, dass sie sich nicht geniert. Er wäre ihr gern selber so nahe wie sein Hemd. Die Freundin treibt zur Eile und zerrt Angela missmutig am Hemdsärmel.

Nicht gesellschaftsfähig

„Lassen Sie meine Tochter in Ruhe!“ Benno fährt zusammen, peinlich berührt vor den Kunden in diesem Lädchen, wo er jeden, wo jeder jeden kennt, aber ausgerechnet die Tochter dieses erzürnten Herrn, die kennt er nicht, trotzdem kommt er sich ertappt vor.

Benno überlegt: Der Herr macht einen seriösen Eindruck, gediegen gekleidet, er könnte Ingenieur oder gar Professor sein. Der würde ihn als Schwiegersohn glatt ablehnen, ja, ihn gar für verrückt erklären, selbst wenn er sich vorher fein gemacht hätte und nicht bloß unrasiert rasch in Freizeitklamotten geschlüpft wäre, um sich ein paar Semmeln in der Bäckerei zu holen. Aber wie dieser Herr ihn behandelt, so lässt er nicht mit sich umspringen. Dem will er es jetzt zeigen, der soll ihn kennen lernen.

Er erfindet schnell eine Liebesgeschichte und spricht in die Runde: Mindestens seit drei Jahren habe er die Tochter des Herrn Doktor nicht mehr gesehen. Davor habe er sich zwar mit ihr gelegentlich in einem Lokal oder an der Isar getroffen. Sie hätten sich jedoch bloß über Literatur und Philosophie unterhalten. Vielleicht habe sie allerdings geahnt, dass er sie liebe, vielleicht es sogar gewusst. Ja, er müsse zugeben, er liebe sie noch immer und er könne sie nicht vergessen.

Die Kundschaft in der Bäckerei ist gerührt und ergreift geschlossen Partei für Benno: Was will der

Herr eigentlich von ihm. Soll er ihm doch seine Liebe gönnen.

Aber der Herr ist unnachgiebig: „Lassen Sie meine Tochter in Ruhe!“

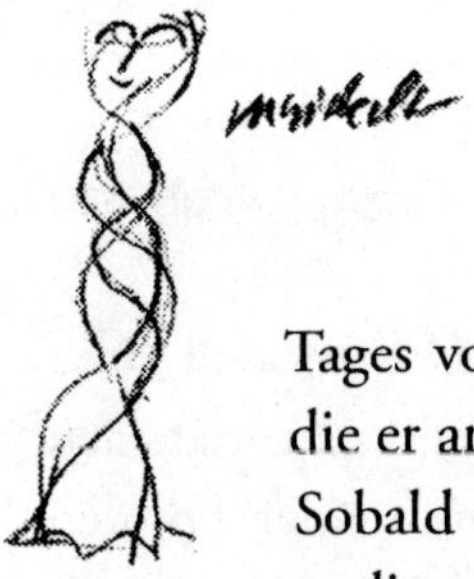

Die Puppe

Bennos Denken wird eines Tages von einer Leidenschaft ergriffen, über die er anderen gegenüber kein Wort verliert. Sobald sich Gelegenheit dazu bietet, hängt er diesem höchst privaten Vergnügen nach.

Alles, was er über Mädchen zu wissen glaubt, entsteht in seinem Kopf. Sein Gehirn arbeitet Tag und Nacht daran diese Träume, diese Ahnungen exakt zu erfassen, sie in Formeln umzuwandeln. Eine süßes Locken geht davon für ihn aus.

Was er sonst noch unternimmt: es ist wenig, meist nichts. Am liebsten zieht er sich in seine Werkstatt zurück und bleibt für sich alleine. Er ist dabei zwei Puppen zu konstruieren, aus Eisengestänge in Lebensgröße. Und er steht kurz vor Abschluss seines Werkes, er benötigt nur letzte Handgriffe, die ihm jedoch nicht einfallen wollen.

Gelegentlich macht er dennoch Ausflüge, um sich für seine Arbeit anregen zu lassen. Er besichtigt die Zeugnisse vergangener Kulturen in den Museen, die Denkmäler der Kunst und Architektur, die ihm wie Mahnmale erscheinen und vor denen er die Glanzlosigkeit dicht daneben um so schmerzlicher empfindet. Er hält es deshalb nie lange unterwegs aus und vergisst in der Eile meist den Zimmerschlüssel abzugeben oder gar die Hotelrechnung zu bezahlen.

Während er gerade das Niederwalddenkmal besichtigt, steht plötzlich die Lösung zur Komplettierung der Puppe Rosa vor seinem geistigen Auge. Er fährt sofort nach Hause und hat auch diesmal vergessen seine Hotelrechnung zu bezahlen.

Benno tritt in seine Werkstatt. Das Modell Rosa liegt am Boden links vor der Wand. Er hat den Skelettbau mit einem Gespinst beginnender Formen umgeben: mit den Versprechungen der Hüften, mit dem sacht zurechtgebogenen Busen. Zwar besteht die Jungfrau aus Eisen, jedoch sieht sie so aus, als könne sie noch aufblühen, als rege sich in irgendeiner ihrer Matrizen dumpfes Leben; es hat sich eine Art ohnmächtige Gestik entwickelt. Flehend streckt Rosa den Arm nach ihm aus, ihrem Herrn und Meister, mit rührend hilfloser Grazie.

Geduld. Geduld!

Benno kann nicht umhin, obwohl er eigentlich noch hatte warten wollen, er fordert Rosa zum Tanz auf; denn die Dame aus Metall ist ja noch nicht komplett. Kopf und linker Arm fehlen. Dafür funktioniert das Wichtigste: die Elektronik und die Mechanik. Mit Hilfe der Tastatur des Rückgrats weiß Benno sich im Besitz der Macht über das Weibliche, mit jedem Knopfdruck muss es sich preisgeben, sich offenbaren, muss jeder Regung Bennos gehorchen – er ist, so hofft er, kurz davor, das Geheimnis der Maya zu enträtseln.

Kaum hat Benno seine Partnerin im Arm, ist es um seinen eigenen Willen geschehen. Er fühlt sich eins werden mit einer höheren Ganzheit. Rosas elektrische Impulse rasen durch Gestänge, Muskeln, Matrizen und Nerven. Benno fühlt sich mehr und mehr gefangen in dem Gestell, hoch- und mitgerissen von einer unbekannten Macht, die in seinem Kalkül nicht vorgekommen war. Er erlebt eine Ekstase ohnegleichen. Nur Shiva machte solche Sprünge, Wirbel, Pirouetten.

Er tanzt mit Rosa in imaginäre Räume hinein, Sphärenklänge rauschen auf; Benno hat seine abgelegene Werkstatt mit quadratischer Klaviertastatur ausgefliest. Der Tänzer ist auf diese Weise zugleich Komponist. Seine Steppschritte erzeugen Kaskaden von Klängen, die wiederum zu Steppausbrüchen aufstacheln, ausgelöst durch Bennos erregte Hand am Rücken der eisernen Jungfrau. Die Sprünge werden immer mächtiger und wilder und erreichen die vierte Dimension, wenn auch nur für einen Augenblick. In den Matrizen bauen sich Spannungen auf, die er nicht vorgesehen, für die er die Formeln nicht kennt. Daran muss er noch arbeiten, nimmt er sich vor.

Allmählich verebbt der Tanz. Benno gewinnt wieder die Oberhand über sich und Rosa und lässt die Rhythmen in einen beflügelten Foxtrott ausschwingen. Währenddessen gesteht er sich widerwillig ein, dass er gerade dabei ist, den Boden der Kunst zu verlassen.

Er empfindet es umso peinlicher, als sich inzwischen eine Zuschauerin eingestellt hat. Vielleicht ist es ihr anzulasten, dass er entgleiste. Denn seine kybernetischen Träume sind nicht für andere Augen und Ohren bestimmt.

Das blonde Mädchen Liese aber war freudestrahlend angerannt gekommen, um ihm eine gute Nachricht zu überbringen. Sie hatte nämlich irgendwo in irgendeinem Hotel eine offenstehende Rechnung für ihn beglichen. So brauche er sich deshalb kein Gewissen mehr zu machen.

Benno ist ratlos. Ausgerechnet vor einem Mädchen, das vor Lebendigkeit sprüht, hat er sein Tanzdebüt gegeben. Konfrontiert mit Lieses draller Weiblichkeit kommen ihm seine mechanischen Puppen armselig vor. Ein unangenehmes Gefühl beschleicht ihn, als habe Liese ihn bei einer Perversion ertappt. Was weiß denn ein Teenager schon von den Verrenkungen informationstheoretischer Ästhetik. Er stellt deshalb vor Liese seine Darbietung als ein technisches Experiment hin, das er zum Patent anmelden werde.

Eben beginnt er damit, ihr die komplizierten Stellungen zu erklären, als sich sein Vater dazugesellt, der langsamen Schrittes dem Mädchen gefolgt ist. Liese sieht unschlüssig zu, wie sich Benno über die Mechanik beugt.

Der Vater sagt: „Benno! Warum konstruierst du Puppen? Versuch es doch mal mit Lieschen!“

Privatlöwe

Als Benno eines Abends gegen neun Uhr heimkommt, stolpert er fast über den Langhaarigen, der auf dem Fußabstreifer vor der Wohnungstür liegt. Kaum hat Benno die Tür einen Spalt geöffnet, schon ist der Kerl drinnen. Er sieht erbarmungswürdig aus, bis auf die Haut abgemagert, sein Löwenhaupt struppig und verfilzt. „Wo kommst du denn her“, erkundigt sich Benno. Der Langhaarige brummt was Unverständliches. Benno plündert erstmal den Kühlschrank. Nachdem der ungebetene Gast sich gesättigt hat, nimmt Benno an, dass er sich verabschieden wird, doch der macht keine Anstalten.

Drei Monate vergehen. Benno kommt nicht dahinter, ob der Langhaarige sich verlaufen hat, oder ob er ausgesetzt wurde. Dank Bennos Pflege wird aus ihm ein schmucker Bursche. Benno hat sein Fell durchgekämmt und ihn mit feinsten Bissen hochgepäppelt. Verändert hat er sich jedoch nur äußerlich. Seine Gemütslage macht Benno Sorgen. Der Kerl bläst Trübsal. Obwohl Benno ihm deswegen oft und oft in den Ohren liegt, verrät er ihm nicht die Gründe für seine Niedergeschlagenheit. Nicht einmal seinen Namen gibt er preis. Benno ruft ihn einstweilen „Löwe“.

Er hat den Verdacht, dass der Löwe unentwegt über seine Vergangenheit nachgrübelt, dass ihn irgendein schreckliches Erlebnis belastet, und dass er jemanden braucht, dem er unbeschränkt vertrauen kann, dem er sich zugehörig fühlt.

Benno wundert sich allerdings, warum er ausgerechnet bei ihm Zuflucht gesucht hat. Ihm schwant, der Löwe betrachte ihn vielleicht als verwandte Seele, und unleugbar besteht eine gewisse äußere Ähnlichkeit zwischen dem Löwen und ihm: breite Nase, üppige Mähne, fliehende Stirn. Der Löwe nimmt wahrscheinlich an, es sei für Benno Ehrensache, ihm Unterschlupf zu gewähren.

Bennos unbeschwerte Tage sind also dahin. Er fühlt sich mehr und mehr verantwortlich für den Löwen, vor allem angesichts dessen psychischer Verfassung. Der würde es nicht verkraften, würde er ihn vor die Tür setzen, er würde sich in der freien Wildbahn nicht behaupten und würde nach kurzer Zeit wieder verwahrlosen. Bennos Denken und Tun ist ständig von diesem neuen Hausgenossen in Beschlag genommen. Sein eigenes Wohlbefinden stellt er hintan.

Für den Löwen sind Alltagsprobleme ein Fremdwort. Sie kümmern ihn nicht, und er verschwendet keinen Gedanken daran, wie Benno die Fleischtöpfe füllt. Es schert ihn auch nicht, wenn Benno nicht mehr durchschlafen kann. Was Wunder, da der Löwe nachts im Zimmer auf und ab schleicht, seufzt und vor sich hin brummt. Tagsüber aber ist er zerschlagen, lungert in staubigen Ecken herum und kaut Nägel.

Was mache ich verkehrt?, sinniert Benno. Natürlich konsultiert er den Tierarzt. Der schlägt vor, Benno solle sich nach einer Frau umschauen, eine Frau würde besser als er mit dem Löwen zurecht kommen. Diese Idee gefällt Benno zwar überhaupt nicht, er will aber nichts unversucht lassen und bittet seine Großmutter sich um den Löwen zu kümmern. Es geschieht, was Benno befürchtet hat. Der Gemütszustand des Löwen verschlechtert sich. Vielleicht quält ihn jetzt die Eifersucht, vermutet Benno, da er sich jetzt mehr der Großmutter als dem Löwen widmet. Er ist sich mit Großmutter in vielem nicht einig. Sie schwört auf die Astrologie, Benno hält nichts davon. Und der Löwe fühlt sich ausgeschlossen.

Doch schon nach zwei Wochen hat sich der Löwe an die Großmutter gewöhnt. Sie nennt ihn übrigens „Iste“, den Namen hat sie in Goethes Gedicht „Das Tagebuch“ gefunden; „Löwe“ findet sie zu hochtrabend.

Hatte er eine schwere Kindheit oder traf ihn ein Schicksalsschlag? Wenn Benno das herausbekäme, fände er sicher eine wirksame Therapie. Bisher schlugen alle Versuche fehl ihn aufzuheitern. Sobald Benno ihm zum Beispiel einen Ball oder ein Wollknäuel zuwirft, verkriecht er sich für den Rest des Tages unterm Sofa und ist nicht mehr ansprechbar. Selbst feinste Bissen vermögen ihn nicht hervorzulocken.

Einige Male nimmt Benno den Löwen zum Einkaufen mit, ein schwerer Fehler, wie sich bald zeigt. Zunächst weichen ihnen die Leute in großem Bogen aus, was Benno zwar mächtig stolz auf seinen Löwen macht. Doch immer sind sie drauf und dran gleich die Polizei zu holen. Die würde den Löwen in den Tierpark bringen und ihn in den Löwenzwinger sperren. Benno kann die Leute beschwichtigen: „Er tut euch nichts, ihr dürft ihn unbesorgt streicheln." Worauf so manche gleich ihre Scheu verlieren, sogar die Kinder kraulen ihn und zausen sein Fell.

Das ärgert Benno, es geht ihm zu weit. Er warnt: „Er kann plötzlich zubeißen!" Da lachen sie ihn aus und keiner glaubt ihm. Der Löwe sinkt sichtlich in sich zusammen. Diese Blamage bringt ihm gleich ein Dutzend weiterer Komplexe ein.

Benno versucht sich nochmals Rat beim Tierarzt zu holen. Der verordnet dem Löwen viel Aufenthalt an frischer Luft und empfiehlt Benno dringend, ihn spazieren zu führen. Benno wagt sich nur noch am frühen Morgen oder sehr spätabends mit dem Löwen auf die Straße. Eines Morgens hat Benno die Idee, der Löwe sollte mit Tieren Umgang haben, bevor ihm Menschen zugemutet werden.

Benno nimmt den Löwen deshalb auf einen großen Spaziergang in den Englischen Garten mit. Er hofft, womöglich wird ihm die freie Natur gut tun; sie werden die Tiere des Waldes beobachten und das wird ihn von seinen eigenen Problemen ablenken.

Natürlich schlägt Benno Nebenpfade ein, damit sie möglichst keinen anderen Spaziergängern begegnen. Zuerst hält der Löwe die Nase in die Luft und er lebt sichtlich auf – so gut gelaunt hat Benno ihn noch nie erlebt. Er lauscht den Vögeln und es sieht aus, als ob er innerlich mitträllere.

Schließlich verlassen sie den Pfad auf der Suche nach einem Wiesenstück, wo sie sich niederlassen und picknicken wollen. Doch da verdirbt ihnen ein mutwilliges Reh die Stimmung. Statt vor dem Löwen mit seiner mächtigen Mähne davonzulaufen, wie sich das für ein Beutetier gehört, umkreist es einige Male den Löwen und springt dann neckend auf ihn zu. Natürlich ist der Löwe schockiert. Er weicht zurück, sucht hinter Benno Schutz und bedrängt ihn umzukehren. Er will jetzt nach Hause.

Benno überredet ihn mit größter Mühe, den Spaziergang fortzusetzen. Kaum hat der Löwe sich halbwegs beruhigt, läuft ihnen ein neugieriger Dackel über den Weg, der anscheinend noch nie ein Wesen wie diesen Löwen zu Gesicht bekommen hat. Er beschnuppert ihn von allen Seiten, worauf sich der Löwe beleidigt hinter einer Hecke versteckt. Es dauert lange, bis Benno ihn hervorlocken kann.

Nach dem Dackelerlebnis ist dem Löwen endgültig der Geschmack an diesem Ausflug verdorben. Auf dem Heimweg tritt er dann noch auf einen Igel. Der Igel stellt sich auf die Zehenspitzen und nimmt den da in Augenschein, der ihn in seiner Ruhe gestört hat, dann trabt er belustigt von dannen. Benno hätte zu gern einmal richtiges Löwengebrüll gehört. Aber sein Held jammert vor sich hin und leckt sich die Pfote.

Benno weiß sich keinen Rat.

Der Löwe sitzt nun meist zu Großmutters Füßen und lehnt sein Haupt an ihre Knie. Sie liest in einer Großdruckausgabe des „Alten Testaments".

Benno erwägt, das „Alte Testament“ soll doch für trostbedürftige, geknickte Seelen die reinste Medizin sein. Benno fragt die Großmutter, ob sie seinem Löwen vorlesen möchte. Die Großmutter weist das weit von sich: „Das ist kein guter Einfall; für deinen ‚Iste‘ musst du dir schon was anderes einfallen lassen. Ich schlage vor, du bittest deine Kusine Claudia, ihm das Kamasutra vorzulesen.“

Pegasus

Drei Monate nach seinem achtzehnten Geburtstag verbringt Benno einige Ferienwochen am Chiemsee. Sein Onkel Fritz hat ihm einen Bungalow, der auf einer Anhöhe in der Nähe des Chiemsees liegt, für 14 Tage überlassen. In diesem Sommer reiht sich ein Sonnentag an den anderen. Täglich sitzt Benno viele Stunden auf der Terrasse vor dem Bungalow. Er vertieft sich in Ovids „Metamorphosen“ – eine zweisprachige Ausgabe, das einzige Buch, das er mitgenommen hat – und sieht den Abhang hinunter auf einen kleinen See, der sich anmutig in den Wiesengrund schmiegt. Eine bukolische Landschaft.

Unversehens gleitet er im Laufe seiner Lektüre in die mythische Erlebniswelt der Antike hinein. Ihm ist, als könnten hier in dieser Landschaft Nymphen, Faune und allerlei Halbgötter überlebt haben. Und so begibt er sich auf die Suche nach ihren Spuren, wandert durch die Ortschaften rund um den Chiemsee, rudert zur Frauen- und zur Herreninsel hinüber. Die Einheimischen, denen seine Einfalt nicht verborgen bleibt, erzählen ihm von Zwergen, Feen, Wassernixen und Kobolden. Es betrübt ihn indes, dass er anscheinend mit Blindheit für derartige Geschöpfe geschlagen ist, denn nirgendwo entdeckt er welche. Endlich hat er Lust und Geduld zu weiteren Nachforschungen verloren und gesteht sich ein, dass all diese Geschichten samt der „Metamorphosen" höchstwahrscheinlich nichts als Ammenmärchen sind. Er beschließt, sich am nächsten Tag frühmorgens auf sein Fahrrad zu schwingen und heimzufahren.

Am Abend vorher kehrt er noch einmal in einer Gaststätte am Ufer des Chiemsees ein. Dort spricht ihn ein Bauer an; der zieht ihn beiseite und tut sehr geheimnisvoll. Benno hat sich fest vorgenommen, sich nicht mehr zum Narren halten zu lassen. Da der Mann jedoch vertrauenswürdig wirkt, hört er sich, neugierig wie er nun mal ist, seine Geschichte an.

Er habe, so erzählt der Bauer, heute morgen eine Wiese am Seeufer gemäht. Als er einmal Rast gemacht habe, da habe er jenseits der Wiese am Waldesrand ein riesiges Ross erblickt, wie ihm nie im Leben eines untergekommen sei. Mit einem Mal sei das Ross verschwunden, als sei es zum Wind geworden, ihn habe ein kühler Luftzug gestreift und die Wellen des Chiemsees haben sich gleich Pferdedrücken aufgebäumt.

Im Nu verfliegt Bennos Misstrauen. Es kann nicht anders sein, dies hat der Mann sicher nicht erfunden, das ist endlich der ersehnte Hinweis auf die Existenz mythischer Wesen in dieser Landschaft und die erhoffte Aussicht für Benno, selber einem solchen zu begegnen. Er beschließt seine Heimfahrt so lange wie möglich zu verschieben und ruft den Onkel an. Der erlaubt Benno, die ganze Ferienzeit über wohnen zu bleiben. Allerdings, so schränkt er ein, müsse Benno darauf gefasst sein, dass er überraschend mit seiner

Frau und seinen beiden Töchtern vor der Tür stehe, und dann sei für ihn kein Platz mehr.

Das Wunderpferd wird in den nächsten Tagen zum Gesprächsthema im Ort. Es ist inzwischen auch zwei Fischern erschienen; der eine hat es gesichtet, als es bei Breitbrunn im Schilf verschwindet, der andere, als es zur gleichen Zeit am gegenüberliegenden Ufer aus dem Schilf hervortritt.

Benno sitzt während der nächsten Tage oft und lange auf seiner Terrasse, blickt auf den kleinen See hinunter, wartet ab und denkt über die Götter nach. Wem die Götter wohlgesinnt sind, so hat er bei Ovid gelesen, dem zeigen sie sich oder sie senden ihm einen Boten und erfüllen ihm dann all seine Sehnsucht und lassen ihn teilhaben an ihren Festen.

Eines Abends erschrickt er über den kleinen See – der aussieht, als sei er von einer schillernden Ölschicht überzogen. Plötzlich schäumt eine Welle auf, sein Spiegel verzieht sich zu einer grässlichen Fratze, als erhebe sich aus der Tiefe ein Gorgonenhaupt; doch dann zeigt sich wieder sein gewohntes klares freundliches Antlitz, als würde eine furchterregende Maske von ihm weggezogen. Finstere und helle Mächte scheinen miteinander zu kämpfen. Benno bangt, das Böse könne am Ende die Oberhand gewinnen. Rings um den See liegt bleierne Stille, kein Lüftchen bewegt sich, keine Biene, keine Mücke summt, kein Vogellaut ist zu hören. Benno erträgt diesen Anblick nicht länger, zieht sich in den Bungalow zurück und wider Erwarten schläft er tief und fest.

Am nächsten Morgen geht er nicht wie gewohnt zuerst auf die Terrasse und er vermeidet es sogar, aus dem Fenster zu schauen. Als er schließlich einen Blick auf den See riskiert, liegt der so ruhig und gelassen da, als sei nichts geschehen, als habe sich kein Wässerchen je getrübt. Erleichtert widmet Benno sich wieder dem Ovid.

Gegen Mittag sieht er das Pferd. Es verharrt am Fuß des Abhangs. Ein mächtiger Schimmel, der schimmert und glänzt, als verkörpere sich in ihm alle Anmut und Kraft des Sees. Langsam schreitet es nun über die Wiese zum Bungalow herauf.

Benno fallen gleich einige mythische Rosse ein: Pegasus, der dem weißen Blut Medusas entsprang und den die großen Dichter reiten; das Zauberpferd Arion, das Herakles als heiliger König in Elis bestieg; das weiße Pferd Kalki aus Indien, Avatar Vishnus, mit dem ein Goldenes Zeitalter beginnt, wenn sich einer findet, der es zu reiten imstande ist.

Schon von Kind an bewundert Benno die Kunst der Reiter; sein Vater hatte ihn manchmal zu Trabrennen mitgenommen, meist setzte der Vater auf das falsche Pferd. Zwölf Jahre mochte Benno damals gewesen sein. Darauf beschränken sich allerdings seine Erfahrungen mit real existierenden Pferden.

Der Schimmel bleibt auf halbem Wege bei den Weinreben stehen, als sei ihm daran gelegen, dass Benno ihm entgegengehe und ihn dort abhole. Furcht vor dem mächtigen Tier steigt in Benno auf, sein Herz klopft bis zum Hals, aber er bezwingt sich und schreitet langsam den Hang hinunter. Als er vor dem Schimmel ankommt, fühlt er sich klein und unbedeutend und ihm schießt der kindische Gedanke durch den Kopf, der könne ihn beißen und es ergehe ihm dann wie dem Hipolytos, den seine eigenen Pferde zerrissen hatten. Andererseits wirkt der Schimmel keineswegs bedrohlich, er blickt sogar milde auf Benno herab. Um ihm zu zeigen, dass er ihm vertraut, streckt Benno ihm seine Arme entgegen und umschlingt seinen Hals. Worauf der sein Haupt herabbeugt und den Kopf sanft an Bennos Schläfe reibt.

Den Nachmittag über verbringt Benno mit dem Schimmel auf der Terrasse und breitet sein Wissen über mythische Pferde vor ihm aus. Er soll erfahren, dass Benno sich in der Mythologie auskennt. Er liest ihm auch einige Stellen aus den Metamorphosen vor, will unbedingt herausbekommen, aus welchem Stall der Schimmel wohl stammt, etwa gar aus dem Augiasstall. Aber immer, wenn Benno eine Vermutung äußert und ihn fragend anblickt, schüttelt der unwillig den Kopf.

Nach ein paar Stunden Mythologie wird der Schimmel unruhig und tritt von einem Huf auf den anderen. Benno durchfährt der Verdacht, der Schimmel wünsche, dass er ihn reite. Schon bei der Vorstellung, auf diesen riesigen Rücken zu klettern, sträuben sich ihm die Haare. Er ist sich sicher, er würde sofort runterfallen.

Bevor die Lage für Benno allzu peinlich wird, erlöst ihn ein überraschender Besuch. Die beiden Töchter von Onkel Fritz streben den Abhang herauf.

Gewöhnlich fühlt Benno sich durch die Anwesenheit der zwölfjährigen, quecksilbrigen Zwillinge belästigt, doch in diesem Fall sind sie ihm willkommen; er weiß, sie lieben Pferde. Und sie staunen nicht schlecht über den Schimmel.

Ihre erste Frage, die wie aus einem Mund kommt, lautet: „Dürfen wir gleich reiten?" Benno erlaubt es großzügig: „Ihr dürft, wenn das Pferd damit einverstanden ist." Das Pferd nickt.

Die flachsblonde Karin schwingt sich als erste auf den Pferderücken und trabt eine halbe Stunde um den kleinen See herum. Das Mädchen besitzt offenkundig Pferdeverstand. Es benimmt sich höflich und zurückhaltend, wie es sich einem ihm unbekannten Pferd gegenüber gehört, und ist zufrieden mit der Gunst, die ihm der Schimmel von sich aus gewährt. Zuerst schreitet er gemächlich einher, dann galoppiert er ein wenig und springt sogar einmal über einen niedrigen Schlehenbusch.

Monica, kohlschwarzes Haar, grüne Augen, legt großen Wert auf das „c" in ihrem Namen. Sie hat, wie Benno schnell klar wird, Karin absichtlich den Vortritt gelassen, um sie anschließend mit ihrer Reitkunst auszustechen und Benno damit zu beeindrucken. Sie legt gleich eine scharfe Gangart ein und treibt das Pferd zusätzlich mit Händen, Füßen und Ausrufen an. Es macht willig mit. Monica – wie vom Hafer gestochen – schnellt in die Höhe und stellt sich auf den Pferderücken, macht einen Handstand wie eine Zirkusreiterin, rutscht auf die Seite runter wie ein

Indianer und treibt weitere solcherlei Kunststücke. Das Pferd fühlt sich offenbar herausgefordert; denn es zeigt allen, was in ihm steckt, offenbart sein wahres Wesen, seine mythische Natur, rast um den See, so dass die Blicke ihm kaum zu folgen vermögen. Schließlich sieht man nur mehr einen weißen Reif, der sich riesig über die Landschaft legt und bis hinauf zu den Wolken reicht. Bei dem Gedanken, es könne Monica ergehen wie dem Bellerophon, der zugrunde ging, als er in den Himmel reiten wollte, wird Benno um Monica angst und bang.

Mag sein, dass ihr der Ritt dann doch zu riskant wird und sie danach verlangt abzusitzen; von einem Moment auf den anderen wird das Pferd wieder sichtbar und schlendert den Abhang zur Terrasse herauf. Es ist ihm keinerlei Anstrengung anzumerken, kein Schweiß auf den Flanken, keine schnellen Atemzüge, kein Schaum vor den Nüstern. Was Benno hingegen auffällt, ist der Ausdruck eines Bedauerns, eine gewisse Schwermut, die auf seinen Zügen liegt. Es lässt das Mädchen absitzen und trabt davon.

Am nächsten Morgen wacht Benno erst sehr spät auf. Die Mädchen sitzen bereits im Zimmer über Schulaufgaben. Ihm ist nicht wohl bei dem Gedanken an das ekstatische Schauspiel vom Vortag. Er fürchtet, das Pferd wird Monicas herausforderndes Benehmen übel genommen haben. Überdies schlägt ihm nachträglich das Gewissen. Was hätte bei der wilden Reiterei nicht alles passieren können, und er hätte die Verantwortung gehabt.

Benno tritt auf die Terrasse hinaus, um nach dem Schimmel auszuschauen, mit wenig Hoffnung jedoch, ihn je wieder zu Gesicht zu bekommen. Doch da steht er schon, blickt Benno mit schwermütigen Augen an und sagt, er müsse leider in den See zurück. Es überrascht Benno keineswegs, dass der Schimmel sprechen kann, aber was er sagt, betrübt ihn. So viele Fragen, die ihm bei der Lektüre Ovids durch den Kopf gegangen sind, würde er ihm gerne stellen, und sie werden nun unbeantwortet bleiben. Der Schimmel wendet sich ab und trabt davon.

Schnell läuft Benno durchs Haus auf die andere Seite, um ihm den Weg abzuschneiden und ihn vielleicht zurückzuhalten. Aber er beachtet ihn nicht, schaut bloß interessiert durchs Fenster zu den Mädchen hinein und sagt: „Ich bewundere an euch, dass ihr lesen und schöne Buchstaben auf weißes Papier schreiben könnt, mir bleibt diese Kunst leider für immer verschlossen." Bevor Benno sagen kann, dass damit bei den meisten auch nicht viel gewonnen ist, schreitet der Schimmel den Abhang hinunter zum See.

Benno fährt danach noch oft zum Chiemsee, ist aber dem Schimmel nie mehr begegnet. Aber er hofft – wie Parzival – auf eine zweite Chance.

In der Fremde

Einmal möchte Benno für ein paar Stunden raus aus dem Laden, in dem er Tag für Tag seinen Eltern beim Verkauf von Obst und Gemüse hilft. Einmal möchte er was anderes erleben, eine fremde Stadt, andere Menschen. Einmal möchte er selbst sehen, spüren, fühlen, wovon Freunde ihm erzählen: von schönen Frauen, von einem Museum für erotische Kunst, einem großen Hotel, in dem kulinarische Köstlichkeiten aller Erdteile auf der Speisekarte stehen, und von einem Volksfest, das noch bis zum zwanzigsten September läuft. Und all dieses Glück gibt es zwei Fahrradstunden von hier. Benno kann sein Verlangen danach nicht länger bezähmen und nimmt sich einen freien Nachmittag.

Drei Stunden ist er mit dem Rad unterwegs und das erhoffte Glück ist noch nicht in Sicht. Da sieht er ein Stück weiter vorn am Straßenrand zwei Polizisten. Er überlegt gerade, ob er sie nach dem Weg zu den schönen Frauen fragen soll, als sie ihn barsch auffordern anzuhalten. Erst nachdem er seinen Ausweis vorgezeigt hat, lassen sie ihn vorbei.

Eine halbe Stunde danach blickt er auf eine kleine Stadt in einer Flussschleife hinunter. Er ist sich nicht sicher, ob es sich um die gleiche Stadt handelt, die seine Freunde ihm so bildhaft beschrieben haben. Er hatte sie sich romantischer vorgestellt. Immerhin liegt gleich am Ortseingang ein Hotel, architektonisch allerdings keine Sehenswürdigkeit, es besteht aus einem mächtigen Betonklotz. Einem Plakat entnimmt er, dass gerade ein Kongress für internationale wirtschaftliche Zusammenarbeit stattfindet. Das ist so ziemlich das letzte, wofür sich Benno interessiert. Vielleicht entspricht wenigstens die Speisekarte seinen Erwartungen. Auf den Gängen laufen eine Menge Leute hin und her. Sie sehen wie Manager aus, jedenfalls stellt sich Benno Manager so vor, graue Anzüge, weißes Hemd. Er will mit seinem blauen Arbeitskittel nicht auffallen oder gar für einen Hausdiener gehalten werden. Deshalb hängt er ihn an eine der überfüllten Garderoben. Immerhin trägt er darunter Jeans und damit kann man sich überall sehen lassen. Er würde nun gerne welche von den erhofften Köstlichkeiten genießen und wandert von Saaltür zu Saaltür. Er sieht Gesellschaften, die an langen Tischen tafeln, andere haben sich um überquellende Büfetts versammelt, wieder andere sitzen in weinroten, mit abgewetztem Samt bezogenen Klubsesseln beieinander und rauchen dicke Zigarren. Aber nirgendwo ist ein Platz für ihn frei. Jedes Mal, wenn er eintreten will, heißt es „Geschlossene Gesellschaft“.

Benno beschließt daraufhin, sich in der Stadt umzusehen. Zwei Stunden läuft er graue Häuserzeilen hinauf und hinunter, durch Straßen, die statt Namen Nummern tragen. Nirgendwo stößt er auf ein Museum oder gar ein Volksfest. Es begegnen ihm überdies nur Leute und keine schönen Frauen. Inzwischen ist es höchste Zeit heimzufahren. Seine Eltern werden ihn dringend im Geschäft erwarten. Da fällt ihm sein Kittel ein, in dessen linker Innentasche steckt sein Ausweis. Aber in welchem Hoteltrakt ist bloß die Garderobe, in der er ihn deponiert hat. Wie ein blindes Huhn rennt er durch die Hotelgänge, bis er endlich auf jemanden trifft, einen mürrischen Oberkellner, der ebenfalls zur Kongresshalle unterwegs ist und dem er sich anschließt. Die Garderobe liegt über dem Hoteleingang in der ersten Etage. Es gibt mehrere Reihen von Garderobehaken und alle quellen von Mänteln über. Mit fliegender Hast sucht er die Haken ab. Er verzweifelt schier. Es geht ihm nicht um den Kittel, sondern um seinen Ausweis in der linken Innentasche. Womöglich wird er auf dem Heimweg wieder in eine Ausweiskontrolle geraten. Urplötzlich, er will schon aufgeben, entdeckt er seinen Kittel. Die Münzen in den beiden Manteltaschen sind noch vorhanden, aber der Ausweis ist weg. Sollte ihn sich jemand von der illustren Gesellschaft angeeignet haben. Wenn er danach fragte, würde ihm keiner glauben, es wäre aussichtslos sich in der Rezeption zu beschweren, also bloß verlorene Zeit. Er kann nur hoffen, dass er auf dem Nachhausweg nicht wieder der Polizei begegnet. Die Zeit, da er zu Hause sein sollte, ist längst überschritten. Inzwischen ist es Abend, für heute fällt er im Geschäft aus. Wenn er sich beeilt, kommt er vielleicht gerade noch rechtzeitig zum Abendessen.

Vom Fenster aus neben der Garderobe sieht Benno einen Menschenauflauf. Etwa hundert Meter vorn an der Ausfallstraße steht ein Polizeiwagen quer und blockiert die ganze Straßenbreite. Benno hatte sein Fahrrad am Hoteleingang abgestellt. Es steht da nicht mehr, fast hat er damit gerechnet. Der Portier wird es weggeschafft haben, da es neben all den Limousinen nicht ins Bild passte. Benno will sich erst mal orientieren, was vorne bei dem Menschenauflauf los ist.

Polizisten mit Gewehren und Revolvern im Anschlag scheuchen jeden zurück. Benno traut sich nicht allzu nahe heran. Er wendet sich an einen der Umstehenden. Der murmelt was von Terroristen, aber Genaueres wisse er auch nicht: „Kommen sie denen bloß nicht näher, sonst wird man sie verhaften". Also handelt es sich jedenfalls um keinen Unfall. Ohne Ausweis ist kein Durchkommen. Benno versucht links vorbeizuschleichen. Eine Polizistin bemerkt ihn und sieht ihn böse an. Er kehrt lieber um.

Die Blockade dauert auch die nächsten Tage an. Seinen Ausweis hat irgendjemand an der Hotelrezeption hinterlegt. Er wird ihm ausgehändigt. Aber Fremde dürfen die Stadt vorläufig nicht verlassen.

Benno freundet sich mit einem Zimmermädchen des Hotels an. Es wohnt im Hotel und quartiert ihn bei sich mit ein. Drei Monate später steht Benno am Ufer des Flusses, der um die Stadt fließt. Er hat sich ein kleines Boot gekauft. Sein Fahrrad ist nicht wieder aufgetaucht. Die Polizei bewacht noch immer die Zufahrtsstraße. Vielleicht kann er die Stadt wenigstens auf dem Wasserweg für ein paar Tage verlassen. Seine Eltern werden sich Sorgen um ihn machen. Benno will endlich wieder nach Hause, und sei es auch nur besuchsweise.

Mittlerweile ist nichts mehr so wie es war. Selbst das Zimmermädchen ist jetzt schwanger.

Der Speicher

Seine Freizeit verbringt Benno mit Simon. Er ist mehr als nur sein Freund, er bewundert Simon. Er sieht in ihm jemand, der anders ist als alle anderen und dafür ist Benno empfänglich. Besonders beeindruckt ihn, dass Simon, wie der beteuert, vor nichts und niemandem Angst habe, mit einer Ausnahme, und dies gehört für Benno mit zu Simons Nimbus: Er fürchtet die Polizei.

Wenn er in den Untergrund abtauchen würde, gesteht er Benno, sei er dort keineswegs sicher, denn genau dort würde ihn die Polizei suchen. Und er habe keine Chance gegen ihre Übermacht; es schaudert Simon bei der Vorstellung, in Handschellen abgeführt zu werden und hinter Gefängnismauern dahinzusiechen.

Deshalb meidet Simon unterirdische Räume wie Tunnels, Keller, Katakomben, Krypten etc. Aber auch die Straßen und Plätze der Stadt wagt er nicht zu betreten; Denunzianten könnten ihn erkennen, argwöhnt er, und sie würden ihn an die Polizei verraten.

Simons Revier – und damit auch Bennos – sind die Speicher und die Turm- und Glockenzimmer in der kleinen Stadt, durch die sie auf Zehenspitzen schleichen. Und wenn Simon befürchtet, dass man sie entdecken könnte, wechseln sie bei Dunkelheit ihren Standort.

Solange es draußen hell ist, schauen sie vorsichtshalber nicht zum Dachfensters raus, halten sich davon entfernt im düsteren Hintergrund auf, und Simon erzählt dann von den Abenteuern, die er bestanden hat, und nebenbei verspeist er, was Benno täglich an Essbarem mitbringt, Brot, Schinken und gelegentlich etwas Suppe. Meistens steht in einer Ecke des Speichers auch eine Kiste mit ausgelagerten Büchern. Sie lesen sich durch die Weltliteratur. Besonders fesseln sie die „Märchen aus Tausendundeiner Nacht", die Erzählungen E. T. A. Hoffmanns, die „Hymnen an die Nacht" von Novalis, und „Der Idiot" von Dostojewski. Aber sie geben sich auch mit Karl May zufrieden oder mit der „Geschichte der großen Seeschlachten", wenn nichts anderes vorhanden ist. Auf diese Weise vergehen der Herbst und der Winter. Und es scheint so, als habe in all den Monaten niemand ihr geheimes Leben entdeckt.

Als die Tage länger werden, begegnet Benno eines Morgens auf der Treppe zum Rathausspeicher dem Hausmeister. Er spricht Benno an. Er sagt es nicht unumwunden, aber Benno hört es heraus, dass er ihn und seinen Freund schon seit geraumer Zeit beobachte. „Kommen Sie doch runter", fordert er Benno auf, „ich zeige Ihnen die Stadt."

Was tun? Schließlich ist Benno kein Tourist, sondern in dieser Stadt zu Hause. Aber der Mann kann Simon in Schwierigkeiten bringen. Benno sagt sich, ihm selber drohe im Grunde keine Gefahr, ihn sucht die Polizei ja nicht, er hat ein mehr oder weniger reines Gewissen.

Das Angebot verursacht ihm jedoch Unbehagen, er hat das Gefühl, als würde er Simon verraten.

Der Mann gestattet Benno keinen Aufschub. Er führt ihn gleich in der Stadt herum, erläutert die Baudenkmäler und steigt mit ihm auch auf die Südhänge vor dem Stadttor. Jetzt im Frühling beginnt alles zu keimen. Benno ist zutiefst bewegt. In der Düsternis der Speicher hat er vergessen, dass es so viel Schönes direkt vor der Haustüre gibt.

Am nächsten Tag springt er die Treppe zu Freund Simon hinauf und beschwört ihn: „Komm herunter, du ahnst nicht, was dir entgeht." Plötzlich tut es ihm um all die Monate leid, die er mit Simon im Düstern verbracht hat, statt draußen die Welt zu erleben. Aber Simon lässt sich nicht herunterlocken, er bleibt verbohrt.

Soll er doch in den staubigen Speichern dahinvegetieren, sagt sich Benno schließlich. Es ist sein eigener Wille.

Quest

Benno weiß immer noch wenig von der weiten Welt und insbesondere von den Frauen, im Grunde nicht sehr viel mehr als das, was er in Büchern gelesen hat. Er ist ein Bücherwurm. Sein Freund Simon, kaum älter als Benno, ist das genaue Gegenteil von ihm, und er erzählt Benno von Abenteuern, die er angeblich in fernen Ländern bestanden hat.

„Los, gehen wir", schlägt Simon eines Abends vor, „du sollst jetzt endlich eigene Abenteuer erleben. Ich muss zwar auf der Hut vor der Polizei sein und kann mich nicht überall sehen lassen, aber ich werde immer in deiner Nähe bleiben."

Drei Tage sind sie auf der Landstraße unterwegs und Benno tun die Füße weh. Am liebsten würde er umkehren. Aber Simon treibt ihn an: „Du willst doch ein großer Schriftsteller werden und ein Drehbuch für einen Film schreiben. Dazu musst du erst einmal Erfahrungen sammeln, sonst wird daraus nichts."

Benno muss ihm recht geben und so wandern sie weiter. Am vierten Tag haben sie Städte und Dörfer hinter sich gelassen und geraten in einen tiefen Wald. Spätestens jetzt sollten wir umkehren, denkt Benno. Aber dann hält er doch den Mund. Er ist sich fast sicher, sie haben sich inzwischen rundweg verirrt, sind im Kreis gegangen, in welche Richtung sollen sie denn dann umkehren. Simon aber schweigt sich aus, während sie sich durch den Urwald kämpfen. Unvermittelt reißt der Vorhang der düsteren Waldvegetation auseinander und enthüllt einen weitläufigen sorgfältig angelegten Garten, der Benno wie ein Zaubergarten, wie der Garten Laurins erscheint. Inmitten dieser blühenden Urwaldoase ragt eine mächtige Villa hervor, deren Anblick Benno erleichtert aufatmen lässt. Die Villa steht allerdings mit ihrem grauen, verwitterten Gemäuer in auffälligem Gegensatz zu der gepflegten Gartenanlage, und es fällt Benno sofort der Begriff Strindberghaus ein. Hier werden sie sicher jemand nach dem Weg fragen können.

Blitzartig wird Benno klar, dass sie sich gar nicht verlaufen haben. Unleugbar hat Simon ihn absichtlich hierher gelotst. Was aber führt er jetzt im Schilde?

Endlich bricht Simon sein Schweigen: „Denk an das Drehbuch. In der Villa wohnt eine Alte mit ihren fünf schönen Töchtern. Es wird dir ein leichtes sein, eine nach der anderen zu verführen, bis vielleicht auf die Fünfte, an die musst du dich erst langsam heranlieben." Und dann schiebt und drängt er ihn aus dem Dickicht in Richtung Villa.

Mit solchen Hintergedanken wagt es Benno fast nicht, sich der Villa zu nähern, geschweige denn der Mutter der Mädchen unter die Augen zu treten. Es bleibt ihnen aber mitten in der Wildnis nichts anderes übrig, als um Unterkunft zu bitten. Die Mutter stellt sich dann zum Glück als gastfreundlich heraus und bietet ihnen das Gartenhaus zum Übernachten an, da es eigens für Gäste eingerichtet sei.

Sie enthält ihnen ihre Töchter noch vor, diese seien schon auf ihre Zimmer gegangen. Indes ist Rosa, der ältesten Tochter, der Besuch nicht entgangen. Denn sie schleicht sich in das Gästequartier und erwartet Benno in seinem Bett, als der sich hinlegt. Ohne viel Federlesen gibt sie sich ihm hin. Allerdings fühlt er sich umgekehrt zu diesem ungenierten Mädchen nicht sonderlich hingezogen.

Trotzdem vereinbart er für den nächsten Vormittag ein Stelldichein in den Laubengängen. Bei Lichte besehen zeigt sich, dass sie untersetzt und pausbäckig ist. Die vergangene Liebesnacht hat zudem keinen tiefergehenden Eindruck bei ihm hinterlassen, nichts das ihm für sein Drehbuch geeignet scheint, und so lässt er Rosa einfach stehen.

Als nächste nimmt er sich noch am gleichen Tag die mittlere der Schwestern vor, ein stilles schmales Hühnchen; sie jätet gerade Unkraut im Rosenbeet. Er braucht auch bei ihr keine Verführungskünste aufzuwenden. Das liegt aber nicht daran, dass ihm – wie bei ihrer Schwester – der erotische Appetit des Mädchens den Weg gebahnt hätte. Sie ist weder zu starker Leidenschaft noch zum Widerstand fähig. Aber immerhin schaut sie zu ihm auf, hängt gebannt an seinen Lippen und lauscht seinen Worten.

Er mag allerdings aufwarten, mit was er will, mit funkelnden Einfällen oder mit frivolen Sprüchen, sie hört aus allem einen religiösen Sinn heraus. Nach einer Woche vergeblicher Müh, ihr die religiösen Flausen auszutreiben, zieht er sich von ihr zurück, versetzt sie bei der nächsten Verabredung und geht ihr von da an aus dem Weg. Er gesteht sich ein, dass er nach diesem weiteren belanglosen Erlebnis so unerfahren ist wie zuvor, dass ihm – falls überhaupt in diesem Haus – die wirkliche Premiere als Liebhaber noch bevorsteht.

Das Hühnchen, gekränkt durch seine Abweisung, verrät der Mutter, was Benno mit ihr angestellt hat. Die Mutter brüllt daraufhin dermaßen lautstark in den Garten hinaus, dass es sich anhört, als sei ein Gewitter ausgebrochen. Und die Laubengänge scheinen über das, was sich in ihnen abgespielt hat, vor Scham zu erschauern. Benno ist entsetzt. Mit dieser bösen energischen Alten ist nicht gut Kirschen essen. Am liebsten würde er die Verführungen sofort einstellen, den Drehbuchplan aufgeben und unverzüglich aufbrechen.

„Dein nächstes Opfer ist Mathilde!" Sein Begleiter Simon lässt sich nicht erweichen. Und Benno selber will genau besehen auch nicht als Angsthase dastehen. Die Töchter erscheinen ihm allerdings von Mal zu Mal weniger anziehend. Mathilde liebt es, sich wie eine Stallmagd zu kleiden. Sie kann zupacken, was sie auch bei Benno tut, und sie möchte ihm Fesseln anlegen. Unübersehbar steuert sie eine gemeinsame Zukunft an mit ihm als Waldbauern.

Benno lässt ihre Zärtlichkeiten nur lustlos über sich ergehen. Ein nie gekanntes Sehnen durchzieht seine Brust. Er spürt es, seit er das stolze Mädchen beobachtet hat, das vor ein paar Tagen am Rand der Lichtung traumverloren unter den Bäumen gewandelt war. Sie hat ihn nicht beachtet, ihm nicht einmal zugenickt. Ihre ernste Zurückhaltung verbot ihm, sie anzusprechen. Er konnte sie nur von Ferne und in der Phantasie bestaunen und bewundern, ihre schmale, hohe Gestalt, die feinen, blassen Züge ihres Gesichts, das dunkle, schwere Haar.

Mit jeder Verführung einer der Töchter pirscht sich Benno tatsächlich näher an die Villa heran. Sara, dunkelhäutig und humorvoll, die ihm bis jetzt noch nicht aufgefallen ist, will jedenfalls ihren Schwestern nicht nachstehen, nimmt ihn bei der Hand und lockt ihn direkt hinters Haus zum Holzstapel. Die Mutter hat sich inzwischen beruhigt. Benno hat sie seit Tagen nicht mehr gesehen. Vielleicht nimmt sie an, ihr Rauswurf habe gewirkt und er und sein Begleiter seien abgezogen. Als der Holzstapel umfällt und Benno und Sara halb unter sich begräbt, bleibt ihr jedoch nicht verborgen, was sich da tut. Sie erhebt erneut ein fürchterliches Geschrei, noch lauter als das vorige Mal. Am liebsten würde Benno die Stätte seiner gefährlichen Liebschaften sofort verlassen und schnurstracks in den Wald laufen.

Doch Simon hält ihn abermals zurück: „Auf diese Eroberungen brauchst du dir nichts einzubilden. Das waren doch Lappalien, Vorgeplänkel, Einübungen, jetzt gilt es alles auf eine Karte zu setzen." Benno begreift sofort wovon die Rede ist, von der Unnahbaren, vor der er nicht zurückweichen dürfe.

Noch liegt das Echo der mütterlichen Schimpfkanonaden in der Luft, ihr Zorn hat sich noch nicht aus den Laubengängen verzogen. Dieses Gewitter hat die Atmosphäre nicht abgekühlt, es wird im Gegenteil schwüler und schwüler. Der Garten wirkt finster und abweisend, als habe Benno ihn mit seinen Sündenfällen entweiht.

Die zuerst so wenig einladend aussehende Villa dagegen blickt friedlich und wie nichtsahnend drein, gleichsam ahnungslos wie die fünfte Tochter. Dort soll sich sein nächstes Abenteuer abspielen. Diesmal drinnen, im Zimmer der stolzen Schönheit, sozusagen in der Höhle der Löwin.

Klopfenden Herzens betritt Benno das Treppenhaus, erklimmt so leise wie ein Dieb die Treppe zum ersten Stock. Seine Zweifel werden immer drängender. Wie soll er, ein Hergelaufener, vor den Augen der Schönen bestehen, deren Namen er noch nicht einmal kennt. Sie wird ihn aus ihrem Schlafzimmer hinauswerfen. Soll er nicht besser kehrt machen. Aber dann stünde er vor seinem Freund Simon als Drückeberger da.

Im Treppenhaus ist es dunkel. Die Mutter hat die Läden geschlossen. Er lugt vorsichtig in jedes Zimmer. Im ersten Stock, im zweiten Stock, mit einem Blick ist ihm jeweils klar, so wohnt sie nicht, das sind die Zimmer der Schwestern. Sie entsprechen deren Charakteren. Es fehlen Kultur und Geschmack. Von Stockwerk zu Stockwerk beklommener, gelangt er in die oberste Etage, hastet durch einige leere Räume und spürt endlich, wie ihm Wärme und ein Lilienduft entgegenschlägt. Er blickt durch die Tür in ein mit verspielten Jugendstilmöbeln ausgestattetes

Mansardenzimmer, dem abgelegensten und obersten Raum in der Villa. Hoheitsvoll ruht das Ziel seiner Begierde im Hintergrund auf einem Lager. Sie schaut traumverloren zur Dachluke hinaus und scheint ihn nicht zu bemerken. Kaum wagt Benno zu atmen, kann seinen Blick nicht von der schlanken, lieblichen Gestalt reißen. Andererseits zöge er sich lieber vorsichtig zurück; denn linkerhand auf einer Kommode liegt ein Monster von Köter, ein Boxerhund von entsetzlichen Ausmaßen, und blinzelt zu ihm herüber.

Wenn er es wagte, sich der Schönen zu nahen, würde der ihn nicht vorbeilassen. Rechts von der Gasse, die ihm zu ihr bleibt, fletscht ein kleiner weißer Pudel die Zähne. Unvermittelt wendet sie sich ihm zu. Aus ihrem Antlitz ist all der Ernst gewichen, den er von ihrer Begegnung am Waldesrand noch im Sinn hat. Trotzdem erwägt er – angesichts der Bestien – umzukehren. Da öffnen sich ihre Lippen, eine wundervolle Blume, die gerade jetzt aufblüht und sie sagt: „Komm zieh dich gleich aus.“

Dieser Spruch hat eine geradezu dramatische Wirkung, fegt alle Furcht hinweg und Benno fliegt – unwiderstehlich angezogen von betörender Süße – auf diese Blüte zu, spürt flüchtig die feuchte Schnauze des Boxers an seiner Wange, der Pudel zwickt ihn kurz ins rechte Bein. Dann vergehen ihm die Sinne in Wandas Kuss.

Die neuen Freunde

Die neuen Freunde unterteilen die Menschen in drei Kategorien: in die Enormen, die Normalen und die Schwindler. Benno hat von Anfang an kein Hehl daraus gemacht, dass er sich nicht für enorm, sondern für ausgesprochen normal hält. Die neuen Freunde betrachten ihn zu seiner Verwunderung dennoch als ihresgleichen. Natürlich hat er im Laufe der Monate einiges von ihnen gelernt. Aber er ist weit von ihrer Enorm entfernt, das gesteht er sich nicht ohne Neid ein, und er wird es ihnen niemals gleichtun können.

Der neue Freundeskreis kostet Benno viel Zeit. Fast jeden Tag haben sie was vor, und immer was Ausgefallenes. Nach einem halben Jahr, das er ihrem Kreis angehört, laden sie ihn in ein Lokal an der Isar ein.

Dicht vor dem Lokal rauscht die Isar vorbei. Über feinen Sand kommt man in den Gastraum, der zum Fluss hin keine Wand hat und auf diese Weise mit dem Ufer gleichsam eine Einheit bildet. Außerdem ist nur die hintere Lokalhälfte überdacht. Wenn man an einem der rohbehauenen, weißen Marmorblöcke sitzt, die als Tisch dienen, wenn man sich zurücklehnt auf einem der Stühle aus Riedstock und sich in Gedanken von den rauschenden Wellen forttragen lässt, stellt sich ein ungeahntes Gefühl von Freiheit ein.

Außer dem Freundeskreis sind keine Gäste da; dieser Treffpunkt ist nur Leuten vorbehalten, die dem Wirt, einem Griechen, genehm sind. Der Wirt gehört offenbar ebenfalls zum Freundeskreis. Benno empfindet es als eine Auszeichnung, dass die Freunde ihn mitgenommen haben. Wo sich das Lokal genau befindet, könnte er allerdings nicht sagen; er würde alleine nicht hinfinden. Und er könnte auch nicht angeben, was das für ein Getränk ist, das der Wirt ihm und den Freunden vorsetzt. Jedenfalls bekommt man es nirgendwo sonst in der Stadt, Benno hat noch nie etwas getrunken, das ihn nur entfernt an den eigentümlichen, rauchigen Geschmack erinnert.

Die Freunde vertragen eine „enorme" Menge von dem „Wässerchen". Benno hingegen hält sich zurück, er fühlt sich ohnedies unbeschwert und frei wie ein Vogel, der sich hier niedergelassen hat, um zu nippen.

Im Lauf des Abends vertraut ihm Klaus, der Chef der Gruppe, Dinge an, die, wie er betont, nur ein Eingeweihter erfahren dürfe. Benno vermutet eher, dass es am Schnaps liegt, der Klausens Zunge gelöst hat. Was er da erfährt, erscheint ihm höchst seltsam und unglaublich. Die Magier früherer Zeiten, so behauptet Klaus, seien allesamt Scharlatane gewesen, auch wenn manche von ihnen an die Wunderkräfte geglaubt haben mochten, über die sie angeblich verfügten, die heutigen indessen seien allesamt Schwindler und auf Lug und Trug aus. Einzig allein sie, die Enormen, verfügten wirklich über magische Fähigkeiten. Jedoch würden sie sich nur in Ausnahmefällen ihrer bedienen. Und vor allem würden sie mit keinem Fremden darüber reden.

Aber da Benno nun in ihre Runde gehöre, wollten sie ihm gegenüber nicht länger ein Geheimnis daraus machen.

Diesen Marmorblock zum Beispiel könnten sie dank ihrer übermenschlichen Kräfte leicht ans andere Ufer hinüber werfen; mit solchen Bagatellen gäben sie sich allerdings nicht ab. Die eigentliche Magie beruhe auf den Erkenntnissen der Naturwissenschaft. Durch ihre wissenschaftlichen Studien hätten sie entdeckt, wie sie sich in jedes Wesen verwandeln könnten, ob in einen Adler oder einen Fisch, in einen Elefanten oder gar in einen Dinosaurier.

In Benno steigt nun doch Zweifel auf. „Wie macht Ihr das denn." Das sei ganz einfach zu verstehen, erklärt Klaus, sie würden lediglich die Methoden der Genetik und Molekularbiologie anwenden, die selbstverständlich den Magiern früherer Zeiten nicht zur Verfügung gestanden hätten. Ihnen selber sei es indes gelungen, nicht nur ihre eigenen DNA zu entschlüsseln, sondern diese gezielt zu verändern. Durch ein paar Codeumstellungen könnten sie beispielsweise aus Benno leicht einen Schimpansen machen. Das sei doch wirklich nicht schwer zu begreifen.

Wie das genau funktioniert, das verraten sie ihm jedoch nicht. Und selbst wenn, er könnte es sich nicht merken, und was hätte er auch schon davon.

Der Abend mit den Enormen dauert wie üblich viel zu lange, längst wird er von Wanda erwartet. Ihm ist heiß geworden und sein Kopf dröhnt von all dem Gehörten; und auch seinen Freunden hat das Gelage anscheinend nun doch zugesetzt, und es geht ihnen ähnlich wie ihm.

Statt über die etwa 500 Meter stromaufwärts entfernte Brücke den Fluss zu überqueren, springen sie ins kühle Wasser und Benno schwimmt hinterher. Wenn er sie darum bäte, gingen sie vielleicht sogar übers Wasser. Da sie Benno ansehen, wie eilig er es hat, versprechen sie, die starke Strömung würde sie direkt zum Maximiliansplatz bringen; auf diese Weise käme Benno schneller voran als zu Fuß. Vom Maximiliansplatz aus habe er ja nur ein paar Schritte nach Hause, wo er mittlerweile mit Wanda wohnt.

Benno hätte nicht so leichtgläubig sein sollen, natürlich werden sie abgetrieben, sie hätten gegen den Strom schwimmen müssen, und so landen sie weit außerhalb der Stadt, nahe einer kleinen Ortschaft. Zum Glück nicht weit von einem Kaffeehaus. Die Freunde steuern geradewegs darauf zu, in der Auslage lockt Zuckergebäck. Es ist mittlerweile Morgen und Zeit zum Frühstück.

Da sitzt Benno mit dem Freundeskreis also um einen runden Tisch in einem Kaffeehaus, das den Freunden offenbar wohlbekannt ist, und Benno hat den Verdacht, dass sie ihn absichtlich hierher verschleppt haben. Und er fragt sich, was sie als nächstes mit ihm im Schilde führen.

Das größere Rätsel ist für ihn jedoch: Wie soll er Wanda das alles erklären.

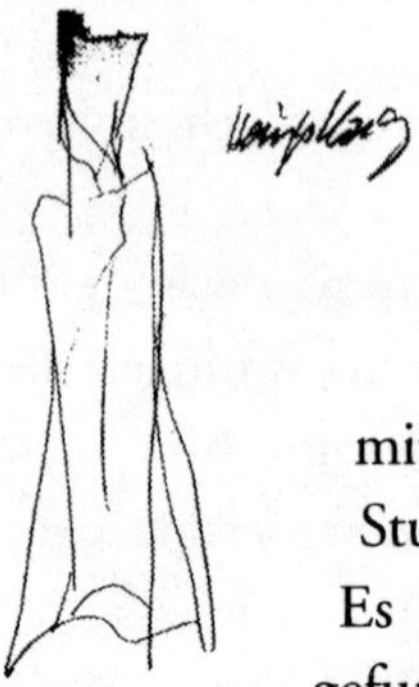

Prominenz ohne Talent

Jeden Sonntagnachmittag hat Benno ab drei Uhr zwei Stunden Telefondienst im Vereinslokal. Es hat sich außer ihm keiner bereit gefunden, seine Freizeit dafür zu opfern. Aber es ruft ja auch selten jemand an. Und wenn, dann meldet sich Benno mit: „Hier ist die Prominenz!". Er ist jedes Mal darüber enttäuscht, dass der Anrufer nicht lacht. Man überhört die Ironie darin. Übrigens heißt der Verein selbstverständlich anders, sie nennen sich „Die Dilettanten". Als Mitglied ist jeder willkommen, der sich auf irgendeinem Gebiet als Versager hervorgetan hat, aber das nicht zugibt.

Frau Kiefer zum Beispiel schreibt Geschichten. Sie kann bestimmt besser singen als dichten, ungeachtet dessen sie nie jemand singen gehört hat. Der Sänger im Kreis der Dilettanten dagegen, Herr Stamm, vierzigjährig, ein wenig beleibt, Beamter, ist quasi ein spätpubertäres Stimmbruchwunder.

Die Aktivitäten des Vereins beschränken sich jedoch nicht bloß auf die Künste. Frau Birke etwa, eine zarte, schmächtige Person, wünscht sich sehnlichst ein Kind; kaum naht sich ihr freilich ein Mann, der ihr diesen Wunsch erfüllen möchte, jagt sie ihn davon.

Übrigens haben Wanda und Benno die Aufnahmeprüfungen nicht bestanden. Es mangelt ihnen an dem Talent, sich dumm zu stellen. Der Vorstand weiß nicht recht, wie er sich in einem solchen Fall entscheiden soll. Er hat sie vorerst nicht als vollwertige Mitglieder aufgenommen. Sie halten sich bei den Vereinsabenden abseits vom Stammtisch, was man selbstverständlich auch von ihnen erwartet.

Heuer im Frühjahr feierte der Verein ein Jubiläum. Seit zwanzig Jahren versammeln sich die Mitglieder jeden Mittwoch im Vereinslokal, zeigen sich ihre Werke und diskutieren darüber, wie man prominent wird. Leider ist das bis jetzt keinem von ihnen gelungen, und das grämt besonders den Vorstand. Er kann sich nicht erklären, wie es all die anderen Stars geschafft haben, wenn doch alle im Verein die besten Voraussetzungen haben, um berühmt zu werden. Aber keiner hat eine Idee, warum sie immerzu scheitern.

Deshalb hat der Vorstand einen Star aus Amerika eingeladen. Er erhofft sich von ihm Tipps und Informationen darüber, was sie bislang falsch gemacht haben. Vielleicht würden sich durch ihn sogar Kontakte zu Fernsehen und Presse auftun. Die Sache ist dem Vorstand 3000 Dollar Gage wert. Das Vereinslokal, ein bayrisches Wirtshaus, dekorieren die Mitglieder gemeinschaftlich stilgerecht um zu einer Bühne für den Gesangstar aus Las Vegas.

Mit dem Amerikaner zieht die große Welt ein. Genau so hat man sich den Auftritt des Stars auch vorgestellt. Er springt wie ein Schimpanse, der einem Nebenbuhler imponieren will, von einem Tisch auf den anderen, wobei er unartikulierte Töne ausstößt, die man selbst von Herrn Stamm noch nicht gehört hat, und er erzeugt dazu auf seiner elektrischen Gitarre schrille Töne, die durch Mark und Bein gehen.

Wanda und Benno haben sich ausnahmsweise ganz vorne hingesetzt, sie sprechen ihn direkt nach seinem Auftritt an. Es hatte geheißen, der Mann versteht auch was von Malerei. Sie zeigen ihm ein Aquarell, das sie am vorletzten Vereinsabend gemeinsam gemalt haben, und bitten ihn um sein Urteil. Er will es sich im Hotel anschauen, sagt er, und nimmt es an sich. Benno und Wanda liegt sehr an dem Bild. Sie befürchten, der Amerikaner könnte es vielleicht nicht mehr zurückgeben. Wer weiß schon, wie zuverlässig Amerikaner sind.

Beim nächsten Treffen bringt er es aber tatsächlich wieder mit und überreicht es mit den Worten: „Es taugt nichts." Benno kann ihm ansehen, er hat es nur mitgebracht, um darüber zu lästern.

Das Bild soll den Grand Canyon darstellen, zumindest so, wie Benno und Wanda ihn sich vorstellten. Helle Wasserfälle stürzen von allen Seiten hohe, teils rötliche, teils curryfarbene Felsentreppen in den Colorado hinab. Das breite, fast ovale Tal ist bewachsen mit blühenden Büschen: Jasmin, Hundsrosen und Hartriegel. Motive aus ihrem eigenen Garten.

Die Mitglieder sitzen im Wirtshausgarten unter den Kastanien. Es ist schwül. Das Aquarell liegt vor dem Amerikaner auf dem Tisch. Ein Bienenschwarm schwirrt heran und verteilt sich auf den gemalten Büschen, die lebensecht anmuten. Der Amerikaner schließt sich der Meinung der Insekten hingegen nicht an. Verärgert behauptet er, es stimme nichts an dem Aquarell, nicht einmal die Felsen seien einigermaßen gelungen. Zu diesem Urteil sei auch eine Expertin gekommen, der er das Bild gezeigt habe.

Wanda erkundigt sich nach dem Namen der Expertin und es stellt sich heraus, dass es sich ausgerechnet um Wandas Freundin Isolde handelt. Der Ami gibt zu, sie habe das Bild fotografieren lassen, um es in einem Kunstkatalog aufzunehmen. Wieso denn, fragen Benno und Wanda gleichzeitig, wenn es angeblich nicht gefallen hat.

Der Verein erlebt den Amerikaner noch ein einziges Mal in seinem Kreis. An diesem letzten Abend erscheinen aus heiterem Himmel Kriminalbeamte, legen ihm Handschellen an und führen ihn ab. Wie sich herausstellt, hat er in Amerika wirklich eine gewisse Berühmtheit erlangt, und zwar als Hochstapler und Händler gefälschter Kunstwerke.

Am Sonntag darauf hat Benno wieder Telefondienst. Als das Telefon läutet, meldet er sich wie üblich: „Hier ist die Prominenz." Wandas Freundin ist am Apparat. Sie übergeht den Scherz. „Der Keller des Kunstverlags steht unter Wasser", berichtet sie, „eure Kataloge sind verdorben."

Hierarchien

Brief der Abteilungsleiterin an den früheren Mitarbeiter Benno Spazier.

Sehr geehrter Herr,

Sie küssten mich gestern nach längerer Zeit wieder auf die Wange. Daraus entnehme ich, dass Sie an einer Position in meiner Abteilung interessiert sind. Einverstanden. Aber nur wenn Sie ihre Ansichten geändert haben.

Wie Sie wissen, lag der Grund für die Differenzen nicht an Ihren Leistungen. Baronin Tucher hatte Sie uns empfohlen, und die Lobeshymnen der Baronin waren durchaus nicht aus der Luft gegriffen. Außerdem hatten wir uns durch Einstellungstests abgesichert. Aber sie haben das Vertrauen, das wir Ihnen entgegenbrachten, binnen kurzem verscherzt. Und dies, Sie wissen auch das, durch Ihre Neigung sich über Hierarchien lustig zu machen.

Sie haben damit nicht nur meine Abteilung in Misskredit gebracht, sondern auch mir persönlich geschadet. Im vergangenen Jahr ging Ihnen der gesamte Führungskreis aus dem Wege sowie jeder, der eine Karriere anstrebte. Schon die Nennung Ihres Namens löste bei vielen reinste Bestürzung aus. Sie haben es geschafft im ganzen Konzern als Unperson zu gelten.

Nun gut, auf diese Weise sind Sie trotz Ihrer Leistungen ganz unten an der Basis der Hierarchie verblieben. Es ist mir nach wie vor ein Rätsel, wie Sie fünf Jahre ertragen konnten, dass man Ihre Verdienste um die

Forschung ignorierte. Diese hatten sich ja in Windeseile herumgesprochen. Dass Sie die Linear-B auf Anhieb lesen konnten, hat uns alle erstaunt. Sie wären durch dieses Bravourstück berechtigt gewesen, unserem firmeninternen Geheimbund beizutreten, der Anrecht hat im Kasino zu speisen. Aber Sie haben ja darauf gepfiffen.

Sollten Sie wieder bei uns anfangen, würden wir Ihnen ein Büro in Neulustheim einrichten, aber bitte, lassen Sie sich nicht in der Zentrale sehen und beschränken Sie sich auf die Entzifferung der Linear-B.

Hochachtungsvoll
Gerda Sonntag

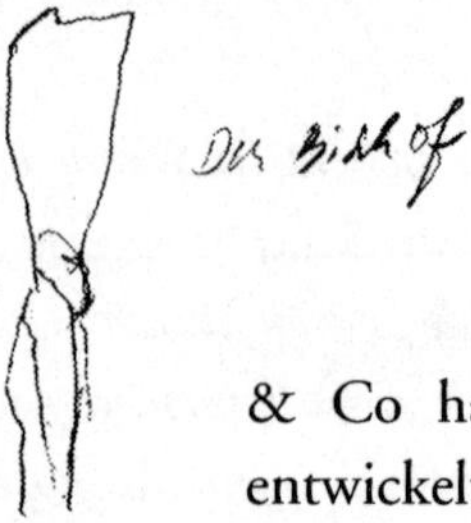

Anschlag

Die Firma Cybertech & Co hat eine Puppe in Lebensgröße entwickelt. Anschauen kostet ja nichts, sagt sich Benno. Im Verkaufsbüro in der Innenstadt kann man sie besichtigen. Das Büro befindet sich im ersten Stock. Die Verkäuferin legt Benno einen Katalog vor, in dem Körpergröße, Taillen- und Brustumfang, Haar-, Augen- und Hautfarbe der Modelle aufgelistet sind. Benno wirft einen Blick in den Ausstellungsraum. Dort stehen sie, etwa eine Dutzend; noch haarlos, ungeschminkt, grundiert in hellem Elfenbein, unbekleidet und noch nicht animiert. Trotzdem ist ihm, als fixiere ihn eine von ihnen, ja als lächle sie ihm zu. Die möchte, dass ich sie nehme, denkt Benno. Er erkundigt sich bei der Verkäuferin nach dem Preis. Der ist ihm viel zu hoch. An Journalisten geben sie die Puppen kostenlos ab, instruiert ihn die Verkäuferin. Benno muss zugeben, dass er kein Journalist ist. Das Gespräch mit der Verkäuferin ist ihm ein wenig peinlich. Er möchte nicht als einsam gelten und behauptet deshalb, er wolle das Modell nicht für sich, sondern er erkundige sich im Auftrag einer Journalistin, mit der er befreundet sei und die über die Puppen einen Artikel in einem Männermagazin veröffentlichen wolle. Er käme auf das Angebot zurück, sobald er mit der Journalistin gesprochen habe.

Zwei Wochen nach seinem Besuch bei Cybertech fühlt sich Benno seines Lebens nicht mehr sicher. Er wird verfolgt. Eine Frauensperson mit heller elfenbeinerner Hautfarbe lauert ihm, sobald er aus dem Haus geht, mit einem Messer auf. Gestern stürzte sie an der Straßenbahnhaltestelle hinter einer Litfasssäule hervor und verpasste ihm ein paar Schrammen. Er ahnt den Grund für ihre Anschläge. Sie hasst ihn, weil er sie verschmäht hat.

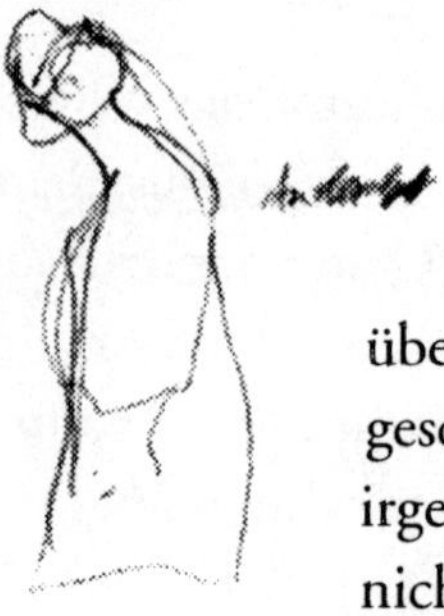

Das einsame Jahr

Den ganzen Oktober über ist Benno durch eine Nebelwelt geschritten. Und doch fühlte er sich irgendwie geborgen, als stolpere er nicht nur so dahin, sondern werde von einer unsichtbaren Hand geleitet.

An einem der ersten Novembernachmittage aber ist der Nebel so dicht, dass Benno weder Baum noch Strauch sieht und nicht weiß, wo er sich gerade befindet. Da reißt der Nebel unversehens entzwei, und er blickt durch diesen Spalt in ein Blau, das ihm so unwirklich erscheint wie das Blau in Mozarts Musik, und ihm ist, als strecke aus dieser blauen Woge eine Nymphe ihre Arme nach ihm aus und er brauche nur einen Schritt zu tun, schon stünde er mitten in Avalon. Doch da hält ihn etwas zurück, gerade als er diesen Schritt wagen will, er bekommt weiche Knie. Er begreift plötzlich, wenn er diesem süßen Sehnen nachgäbe, sich diesem Sog anvertraute, würde er hineingerissen in ein Schwarzes Loch, sein Ich würde weggeschwemmt, würde erlöschen und er würde aufhören zu existieren.

Ein halbes Jahr vergeht. Bennos Leben hat sich grundlegend geändert. Der Nebel hat sich verzogen und Benno müsste sich eigentlich in der Welt zurecht finden. Aber er hat trotzdem keine ruhige Stunde mehr, nun verfolgt ihn dieses Blau. Wenn er am wenigsten darauf gefasst ist, zuckt es auf, und es hat sich verändert, es ist ein kaltes, ein böses, ein gefährliches

Blau geworden. Benno fühlt sich verfolgt, beobachtet, umlauert, eingekreist von blauen Kreisen. Was das für Kreise sind, darüber hat er sich bisher vergeblich den Kopf zerbrochen. Vielleicht ist es der Geheimdienst, vielleicht eine außerirdische oder eine jenseitige Macht, die dieses Katz- und Mausspiel mit ihm treibt. Wie lange wird er sich ihr wohl noch entziehen können.

Benno überlegt jeden seiner Schritte, bewegt sich möglichst unauffällig und äußerst vorsichtig. Seine gute Position in der Industrie, seine Wohnung und den Kontakt zu all seinen Freunden gibt er auf und trennt sich von seiner Frau. Er wohnt irgendwo in einer Großstadt in einem kleinen möblierten Zimmer im vierten Stock. Es gelingt ihm auf diese Weise, den blauen Kreis zu durchbrechen. Hier ist er mit niemandem bekannt und strebt auch nicht danach Bekanntschaften zu machen. Ja, sogar Gaststättenbesuche meidet er. Das Risiko ist ihm zu groß. Denn seine Verfolger haben sicherlich überall ihre Mittelsmänner.

Seit gestern Abend jedoch weiß er: Es hat ihm nichts genützt, dass er in diese Stadt umgezogen ist. Sie sind ihm wieder auf den Fersen. Schuld daran ist er selbst. Er hat einen Fehler gemacht. Das unbezähmbare Verlangen nach einer Frau überkam ihn und er bestellte sich telefonisch eine Hostesse bei einer Agentur.

Die erwartet ihn auf der Treppe vor der Oper. Als er auf sie zugeht und ihr gerade die Opernkarte überreichen will, dreht er sich instinktiv um, und er sieht es aufblitzen; es sind rotierende Lichtreflexe dieses Blaus in der Schaufensterscheibe eines Hutgeschäfts auf der anderen Straßenseite. Seine Verfolger müssen ganz nahe sein.

Er entzieht der Frau seine Hand – auch ihr ist wohl nicht zu trauen – und rennt davon. Er biegt um mehrere Ecken, verbirgt sich Minuten in Hauseingängen und Toreinfahrten, läuft durch enge dunkle Straßen und hofft so, seine Verfolger zu verwirren und sie abzuschütteln. Mit letzter Kraft stürmt er die Treppe zu seiner Kammer hinauf und wirft sich erschöpft auf seine Pritsche.

Von nun an traut er keinem mehr.

Hades

Von rechts wegen wäre Benno zu strengster Geheimhaltung verpflichtet. Aber nach allem, was er durchgemacht und wie man ihm mitgespielt hat, fühlt er sich nicht mehr daran gebunden.

Vielleicht denkt ihr, was sollen das schon für Geheimnisse sein, man kann das genauso gut bei den alten Griechen nachlesen. Aber man lasse sich nicht täuschen. Seit der Antike hat sich vieles im Hades geändert. Längst kann man nicht mehr von einer Schattenwelt sprechen, längst hat die neue Zeit Einzug gehalten: mit Banken, Geschäftsstraßen und Rotlichtvierteln, und auf den Straßen herrscht lebhaftes Treiben. Nur die Sonne geht nach wie vor im Hades weder auf noch unter. Deshalb ist man auf künstliche Beleuchtung angewiesen. Bis vor einigen Jahren waren das noch Gaslaternen. Als Benno zum ersten Mal unten war, fühlte er sich ins vorige Jahrhundert versetzt. Der Elektrokonzern, bei dem er angestellt ist, hat die Gaslaternen inzwischen durch Neonröhren ersetzen lassen.

Der Zugang zum Hades war mehr als ein Jahrhundert in Vergessenheit geraten. Erst als der Elektrokonzern in finanzielle Schwierigkeiten geriet, hat man alte Unterlagen ausgewertet, stieß auf eingeschlafene Geschäftsverbindungen mit dem Hades und ließ diese wieder aufleben.

Benno selbst ist oft und regelmäßig wegen der Wartungsverträge hinunter gestiegen. Natürlich kann nicht jeder, der Lust dazu hat, im Hades aus- und eingehen. Nur wer sich verpflichtet, niemandem ein Sterbenswörtchen zu verraten, erfährt, wo sich das große eiserne Tor befindet und wie der Code heißt, mit dem es sich öffnen lässt. Selbst neue Kollegen in der Wartungsabteilung werden erst lange nach der Probezeit eingeweiht, was oftmals Neid erzeugt.

Der Kollege Pfeifenmüller zum Beispiel will möglichst schnell in Bennos Position vorrücken. Einmal folgt er ihm sogar heimlich und schlüpft hinter Bennos Rücken in den Hades rein. Der bemerkt ihn erst, als er ihm in den Raum folgen will, wo die Kabel für die Elektroversorgung zusammenlaufen. Benno weist ihn sofort zurecht: „Wenn Sie nicht gleich wieder von hier verschwinden, muss ich Meldung machen!"

Benno ist eben damit beschäftigt, das Kabelgestrüpp zu sortieren, da geht die Falltür runter. Zuerst nimmt er an, ein Übereifriger habe die offene Tür entdeckt und ihn aus Versehen eingesperrt. Er setzt sich auf einer Kabelwalze und beruhigt sich mit dem Gedanken: Sie werden mich vermissen, und es kann nicht lange dauern, bis sie mich befreien. Nachdem er eine geschlagene Woche in der Falle sitzt, kommt ihm allmählich der Verdacht, man wolle ihn vielleicht endgültig in die Unterwelt abschieben, vielleicht hat der Direktor sogar den Pfeifenmüller damit beauftragt, die Falltür runterzulassen. Benno rechnet nicht mehr damit befreit zu werden und schließt mit seinem Leben ab.

Mit einemmal geht wie von Geisterhand die Tür hoch. Benno schaut sich um, sieht aber niemand. Er rennt zum Büro rauf und fährt den Pfeifenmüller an, er könne seinethalben den Job übernehmen. Ihm läge nichts mehr daran. Der Pfeifenmüller pafft seine Pfeife, und tut so, als habe er nichts gegen Benno.

Begegnung der vierten Art

Benno wandert singend durch die menschenleeren, nächtlichen Straßen. Es ist weit nach Mitternacht, Benno kommt aus dem Wirtshaus „Zur Goldenen Weltkugel“ und ist auf dem Heimweg. Da vorn hinter den hohen Bäumen, liegt da nicht der Königsplatz mit dem Königspalast? Und da soll es angeblich eine Straßenbahnhaltestelle geben. Der kürzeste Weg zum Königsplatz ist ein mit dichtem Dorngestrüpp zugewachsener schmaler Pfad. Auf einen Umweg dorthin lässt sich Benno lieber nicht ein, er würde sich bestimmt verlaufen. So kämpft er sich zwischen einer hohen Mauer auf der linken und einem Drahtzaun auf der rechten Seite durch das Buschwerk, Schritt für Schritt, stumm und verbissen. Bald kommt ihm der Verdacht, er habe sich nun erst recht verirrt, denn der schmale Pfad nimmt kein Ende.

Allmählich wird es hell. Benno kommt jetzt endlich mühelos voran, das Gestrüpp lichtet sich. Der Königsplatz aber scheint nur noch weiter in die Ferne gerückt. Hinter dem Drahtzaun rechterhand weitet sich die Landschaft zu freiem Feld. Benno hebt wieder an zu singen, schmettert bruchstückhaft Schlager aus den Zwanziger Jahren. Ein Dutzend Leute, die Benno altertümlich anmuten, als stammten sie aus einer längst vergangenen Zeit, arbeiten mit Hacken und Spaten auf dem Rübenacker hinter dem Drahtzaun. Sie schauen neugierig zu ihm herüber, als wollten sie fragen: Wer ist denn der, der da so falsch singt?

Eine hochgewachsene ältere Frau nähert sich dem Zaun; sie reicht ihm über das Gitter eine gefüllte Schüssel. Er nimmt die Gabe dankend entgegen. Beim Anblick der Masse grünen Breis ekelt es ihn allerdings, und fast muss er sich übergeben.

Der Weg nimmt kein Ende. Benno hat unterdessen den Königsplatz aus dem Sinn verloren. Müde stapft er vor sich hin bis zu einer tiefhängenden Trauerweide. Dort legt er sich auf weiches Mooskissen und schläft ein. Als er ausgeruht hinter dem Vorhang aus Zweigen hervortritt, ist er unversehens angekommen. Vor ihm erstreckt sich der mit quadratischen Marmorplatten ausgepflasterte Königsplatz.

Benno schaut sich sogleich nach der Straßenbahnhaltestelle um. Die vermutet er hinter dem prunkvollen Königspalast, der in der Morgensonne schimmert und die ganze Platzbreite einnimmt. Sicher wird jemand zu Hause sein, bei dem er sich erkundigen kann: „Wie komme ich bitte zur Straßenbahnhaltestelle?". Benno öffnet das Palasttor und betritt eine hohe langgestreckte Eingangshalle. Durch die vielen antiken Skulpturen, die in der Halle aufgestellt sind, ist er an die Münchner Glyptothek erinnert.

Ganz hinten am rückwärtigen Ende des Saals arbeitet ein bärtiger junger Mann an einer Marmorskulptur: offensichtlich eine Isis, auf dem Haupt Sichelmond, Krug in der Hand. Die Morgensonne verleiht dem Mann eine leuchtende Aura. Woher kenne ich den bloß, überlegt Benno. Blitzartig fällt es ihm ein und es wird ihm feierlich zumute:

Der da ist Jesus.

Der geheimnisvolle junge Mann schaut ihn verwundert an: „Was willst du denn bei mir, ich bin Jesus."

Benno gesteht, er habe sich auf dem Weg zur Straßenbahnhaltestelle verirrt, mit Sicherheit wisse er lediglich, dass er nicht tot sei.

„In diesem Fall kannst du hier nicht bleiben. Ich werde dich zurückbringen. Auf diese Weise komme ich auch mal raus und werde bei der Gelegenheit Magdalena besuchen, ich habe sie eine Ewigkeit lang nicht gesehen. Soweit ich weiß, arbeitet sie im Wirtshaus >Zur Goldenen Weltkugel< als Kellnerin."

Kaum haben sie den Palast verlassen, schon sind sie am Ziel. Befindet sich das Wirtshaus denn direkt hinter dem Königspalast?, wundert sich Benno. Dann ist er vermutlich auf dem Weg zur Straßenbahnhaltestelle im Kreis gegangen. Der Wirt, ein stämmiger schnauzbärtiger Bayer, steht an der Theke. Benno grüßt. Der Wirt tut so, als habe er nicht gehört. Er scheint schlecht gelaunt.

Jesus schaltet sich ein und verlangt, er möge Magdalena rufen. Der Wirt murrt: „Magdalena hat keine Zeit, außerdem ist heute Ruhetag."

Bevor Benno einwenden kann, einen Gast wie Jesus dürfe man nicht so unfreundlich behandeln, kümmert der sich nicht weiter um den Wirt und überquert die Gaststube zum Nebenraum.

Die Teilnehmer des literarischen Stammtischs, den Benno nach Mitternacht verlassen hatte, sind noch immer um den runden Tisch versammelt, und mitten unter ihnen Magdalena, die sich leicht über Pauls Stuhl lehnt und anscheinend Bestellungen aufnimmt. Sie diskutieren über ein unveröffentlichtes Manuskript, korrigieren darin herum und ereifern sich. „Warum schreibt der Benno bloß so verrückte Geschichten." Die einen unterstellen ihm, er mache es aus Eitelkeit, die anderen vermuten, aus Langeweile. Benno beschließt, dieser Gesellschaft von Beckmessern nie wieder ein Manuskript von sich vorzulegen.

Magdalena blickt Jesus kurz und erstaunt an. „Was verschlägt dich denn hierher?"

Sein Besuch ist ihr augenscheinlich unangenehm. Noch ehe der die Situation klären kann, wendet sie sich mit den Worten an Benno: „Deine Frau hat angerufen, sie ist außer sich, weil du nicht rechtzeitig zum Abendessen heimgekommen bist."

Paul, Hobbydichter und Doktor der Psychologie, neigt dazu andere zu foppen, er schlägt vor, Benno solle vorsichtshalber ihn vorschicken, er als Psychiater könne seine Frau besänftigen. Benno geniert sich vor Jesus und erwidert, er habe keine Bange, seine Frau würde sich halt leicht Sorgen machen, sich aber sofort beruhigen, sobald er heimkäme.

Jesus zieht sich in den Hintergrund zurück und gibt Benno durch einen Wink zu verstehen, dass er gehen möchte. Benno entnimmt seiner Miene, in dieser Gesellschaft hätten sie beide nichts verloren. Es kümmert sich ohnehin keiner mehr um sie, als seien sie nicht vorhanden. Jesus geht auf die Tischrunde zu und schaut jedem einzelnen schweigend und intensiv in die Augen. Das Stimmengewirr erlischt. Die ganze Runde wirkt versteinert. Jetzt tut Jesus gleich ein Wunder, schwant es Benno, ohne ein solches verlässt er nicht den Raum, dafür ist er schließlich bekannt, die werden sich wundern.

Benno ist schon überrascht, als sich der typisch bayrische holzgetäfelte Wirtshausraum mit einem Mal in einen eleganten Biedermeiersalon verwandelt. Die Freunde sind ausstaffiert mit Frack, hohem Zylinder, Lorgnon, Spazierstock, und erheben sich von einer blumendekorierten, festlichen Tafel, tänzeln um Magdalena herum, die sich graziös mit ihrer Boa, der Krinoline und den Puffärmeln bewegt.

Und was ist mit ihm selbst, mit Benno, er schaut an sich herab. Leider kann er nicht mithalten, er ist in Lumpen gehüllt, als habe er in jener vergangenen Zeit als Bettler sein Leben fristen müssen. Er wendet sich an Jesus: Es sei ihm lieb, wenn der die Zeit nicht gleich um Jahrhunderte zurückdrehe, sondern nur um 12 Stunden. Dann müsse sich seine Frau keine Sorgen machen, denn er wäre dann gar nicht von zu Hause weggewesen.

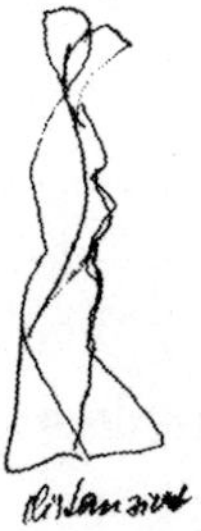

Zen

„S-sss-ss“, lispelt der alte Mann, richtet den Zeigefinger auf Benno und hebt und senkt ihn. Der Alte hat große Ohren, eine Glatze und wartet mit seinem Fahrrad neben Wanda und Benno vor einer Ampel in Grado auf Grün. „Passt Ihnen was nicht an uns“, will Benno gerade fragen. Da lacht Wanda belustigt auf und flüstert ihm zu: „Ein Verrückter!“

Eine exzentrisch wirkende junge Frau neben dem Alten mit dem Fahrrad hat Wandas Worte mitbekommen. Die junge Frau, sie sieht ein wenig wie eine Zigeunerin in einer Verdioper aus, widerspricht Wanda: „Der Mann ist nicht verrückt! Ich kenne ihn.“

Benno fühlt sich zu einem Scherz aufgelegt und behauptet: „Natürlich nicht, das ist doch der Ein-Finger-Zen-Meister Djü-dschi aus dem alten China.“

Die beiden sind sichtlich überrascht.

„Tatsächlich, es stimmt, wieso wissen Sie das?“, staunt die junge Frau.

Aber nun ist es an Benno sich zu wundern. Er hätte niemals gedacht, dass er mit seinem Scherz anscheinend ins Schwarze getroffen hat. Insgeheim ist er sich allerdings nicht ganz sicher, ob nun Meister Djü-dschi das Ein-Finger-Zen praktizierte oder nicht vielmehr Meister Dschung.

Der Alte tut jetzt auch den Mund auf. Vor ein paar Jahren, so gibt er an, habe er das Ein-Finger-Zen sogar in Amerika ausgeübt. Einige Politiker sahen in ihm allerdings eine Gefahr für die öffentliche Sicherheit und er musste das Land verlassen.

So beginnt in Grado die Freundschaft mit dem Alten. Benno und Wanda sehen ihn leider nur selten, da er in Düsseldorf wohnt. Im Herbst des gleichen Jahres stirbt er im Alter von 118. Sein Vorbild war Meister Dschau-dschou, der im Alter von 120 Jahren den Atem anhielt.

Incognito

„Ich weiß jetzt, wo sich Jochen aufhält!“ Benno nimmt an, Jochens Mutter jub'le auf, wenn sie endlich erfährt, wo ihr Sohn sich befindet. Aber sie wendet sich ihrem Kanarienvogel zu und kümmert sich nicht um Benno und um das, was er herausgefunden hat. Dabei hat sie noch vor kurzem darunter gelitten, dass ihr Sohn Jochen über Nacht bei ihr ausgezogen ist und ihr nicht einmal seine neue Adresse hinterlassen hat.

Jochens Mutter wirkt jungendlich. Nur dieser Zug von Bitterkeit um ihren Mund passt nicht zu den vollen Lippen. Benno hat sie seit Jochens Auszug nicht mehr gesehen. Er wollte sich nicht in die Differenzen einmischen, die sie mit ihrem Sohn wegen Sabine hatte. Sie verbot Jochen den Umgang mit Sabine. Anscheinend befürchtete sie, sie könnte Jochen an die Freundin verlieren.

Natürlich nahm die Mutter an, ihr Sohn sei bei Sabine untergetaucht. Da sie sich aber dort nicht sehen lassen wollte, beauftragte sie einen Detektiv, er möge ihren Sohn bitten, Vernunft anzunehmen.

Der Detektiv schrieb in seinem Bericht, er habe Jochen bei Sabine leider nicht angetroffen. Sabine wohne zwar nicht allein, aber sie lebe mit einer Frau zusammen, einer ausnehmend hübschen, etwa achtzehnjährigen, miniberockten Person. Diese habe ihm die Tür geöffnet und ihm gesagt, Sabine sei leider nicht zu Hause. Weiterhin habe sie ihm versichert, dass Sabine ihr gegenüber nie einen Freund erwähnt habe, der Jochen hieße.

Die Mutter wollte sich mit der Auskunft des Detektivs nicht zufrieden geben, überwand ihre Scheu und rief einige Male bei Sabine an. Dort meldete sich indessen stets mit glockenreiner Stimme dieses Mädchen, Joana, die nach wie vor behauptete, Jochen nicht zu kennen. Die Mutter flehte Joana an, sie möge sogleich zurückrufen, falls sie erfahren sollte, wo Jochen jetzt wohne. Joana meldete sich tatsächlich einmal bei der Mutter. Sabine, so sagte Joana, habe sie gebeten auszurichten, dass sie lange nichts mehr von Jochen gehört habe und die Mutter möge bitte nicht mehr bei ihr anrufen.

In ihrer Verzweiflung wandte sich die Mutter an Benno. Bei ihm, so hoffte sie, habe sich Jochen sicher inzwischen gemeldet. Benno musste sie enttäuschen. Sie glaubte ihm allerdings nicht. Sie nahm an, dass er gewiss auf Jochens Seite stünde und ihr bloß nichts sagen wolle.

Benno aber hatte sich inzwischen sogar bei Jochens Arbeitgeber erkundigt – und dort erfahren, Jochen habe Urlaub genommen und sei seit einem Monat nicht mehr in der Firma gewesen.

Auch Benno machte sich Sorgen um Jochen. Er glaubte allerdings nicht an Sabines angebliche Ahnungslosigkeit, von der ihm die Mutter erzählt hatte, und besuchte sie, um ihr auf den Zahn zu fühlen. Benno traf Sabine gleichfalls nicht an. Joana, die Freundin, war alleine in der Wohnung. Sie lächelte ihn freundlich an, als habe sie ihn erwartet. Obwohl sie auch ihm gegenüber abstritt, Jochens Aufenthaltsort zu kennen, spürte Benno, dass sie mehr wusste, als sie zugab und dass es nur wenig brauchte und sie würde ihm alles verraten. Geld hilft immer, überlegte er, und reichte ihr hundert Euro. „Das wäre nicht nötig gewesen", meinte Joana mit einem verschmitzten Lächeln und steckte das Geld ein. „Du kannst mich Joana nennen, in Wirklichkeit bin ich natürlich Jochen."

Nach und nach erfuhr Benno die ganze Geschichte. Jochen hatte es vor Sehnsucht nach seiner Freundin Sabine nicht mehr ausgehalten. Er war ins Modehaus nach Triest gefahren und hatte sich in der Abteilung für Damenmoden eingekleidet. Daraufhin hatte er mit Hilfe von Tonbandkassetten, die er sich besorgt hatte, acht Tage lang den Wohllaut italienischer Frauenstimmen eingeübt. Aber nun habe er genug von der ganzen Travestie, er wolle sich wieder in Jochen verwandeln. Zu seiner Mutter werde er nicht mehr zurückkehren. Sie habe die Macht über ihn verloren. Jetzt erst wurde Benno bewusst, welch seelische Leiden Jochen durchgemacht haben musste, und er hatte es ihm nie angesehen.

Noch am gleichen Tag besucht Benno Jochens Mutter. Sie wendet sich von ihm ab, hört ihm nicht zu und kümmert sich bloß um ihren Kanarienvogel.

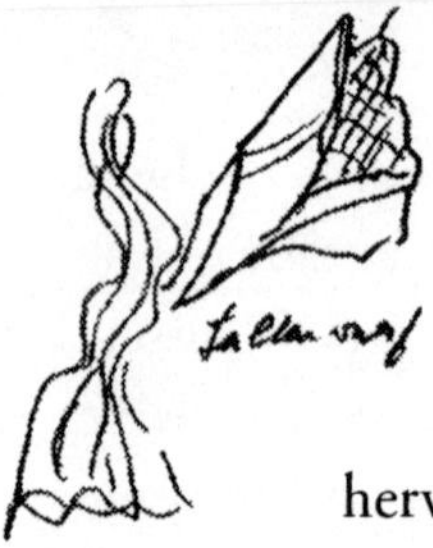

Die Heiligen

Die Höherentwicklung der Arten hat auch ihn, Benno, hervorgebracht. Vom Rädertierchen bis zum Rädchen in einem Elektrokonzern hat er es gebracht. Und doch möchte er am liebsten innehalten, ja sich rückwärts drehen. In der Mittagspause geht er, statt in die Kantine, in ein nahe gelegenes Antiquariat und durchwühlt verstaubte Büchertürme, die ungeordnet umherstehen, vergräbt sich in manch bibliophile Kostbarkeit und legt diese wieder beiseite. Wonach er Tag für Tag wie besessen sucht, als gälte es eine Goldader aufzuspüren, weiß er selbst nicht genau.

Drei Tage vor Weihnachten zieht er zuunterst aus einem Stapel drei umfangreiche Folianten hervor: „In illo tempore“, Goldschnitt, Saffian. Benno schlägt den Band I auf (winziger Druck, keine Bilder), und er blickt in eine ferne Vergangenheit: Siebzehn Heilige wandeln eine Wiese den sanften Hügel hinauf zu einer Kapelle. Der Himmel und die Wiese blühen.

Der gelehrte Verfasser hatte mit unendlicher Geduld der Welt der Heiligen nachgespürt und sie gewissenhaft bis ins kleinste Detail beschrieben. Es kostet sicher fast ebenso viel Mühe, wollte man sich durch das dichte Gestrüpp von Kleinstgedrucktem zu den Heiligen durchschlagen. Wahrscheinlich hatte das lange niemand mehr versucht. Und vermutlich waren die Folianten lange verschollen geblieben, bis sie Benno in diesem Antiquariat entdeckte, als hätten die Heiligen ausgerechnet auf ihn gewartet, als hätten sie seine Schritte auf geheimnisvolle Weise hierher gelenkt. Ehrfurchtsvoll klappt Benno den Folianten zu und kauft die drei Bände. Würde er den Abgrund zwischen seiner technischen Berufswelt und der Welt der Heiligen überwinden können? Er zweifelt daran.

Wenigstens hat er den Folianten wieder einen würdigen Platz in einem Bücherregal verschafft. Und dort werden sie bleiben und ihre Geheimnisse für sich behalten, bis Benno Zeit für sie aufbringen kann, irgendwann einmal, vielleicht erst nach seiner Pensionierung. Benno hat sich freilich in den Heiligen getäuscht, ihren Langmut überschätzt. Durch das Saffianleder schimmert ein mystisches Licht hindurch, das sich von Tag zu Tag verstärkt. Anscheinend wollen sie unbedingt aus dem Kleingedruckten heraus, obwohl sie es doch viele Jahrhunderte darin ausgehalten haben.

Benno fühlt sich ihnen gegenüber verpflichtet, hat wirre Träume, arbeitet in der Firma unkonzentriert. Da erinnert ihn Wanda an eine Malerin, die sie vor ein paar Tagen bei einer Vernissage kennengelernt haben. Sie hatten ihr ein Bild mit einer Kapelle auf einem Hügel abgekauft. Die Malerin wohnt auf dem Land, wohin sie sich, wie sie ihnen erzählte, schon vor Jahren aus der Großstadt zurückgezogen hat. Sie malt Kirchen- und Altarbilder und sammelt für ihre Arbeit einschlägige Literatur. Wenn sie ihr die Folianten auf unbestimmte Zeit überließen, würden sie ihr damit sicher eine Freude machen.

Abgesehen davon, sagt Benno sich, sind die Heiligen auf dem Lande, wo immerhin noch das Echo altbayrischer Frömmigkeit fortwirkt, besser untergebracht als bei ihnen in der Großstadtwohnung. An einem Wochenende fahren Benno und Wanda zu der Malerin hinaus nach G. am See und sie übergeben ihr die drei Bände.

Während eines halben Jahres hören sie nichts mehr von ihr. Benno ruft einige Male bei ihr an, aber es hebt niemand ab. Eines Tages erhalten sie eine Postkarte. Die Malerin bittet sie um ihren Besuch. Benno nimmt sich in der Firma dafür den nächsten Tag frei.

Sie führt Benno und Wanda zuerst durchs Haus und zeigt ihnen einige Bilder, die sie gerade für die Staatsgemäldesammlung restauriert, darunter eine bezaubernde Venus von Tintoretto, die nichts an sich trägt als einen Handspiegel, in dem sie sich betrachtet.

Es tue ihr leid, gesteht sie schließlich zögernd, sie besitze die Bücher nicht mehr. Sie seien ihr auf eine mysteriöse Weise abhanden gekommen. Sie habe sich gleich nach dem Empfang der Folianten in die Lektüre gestürzt und dabei die Heiligen förmlich vor sich gesehen. Sie hätten sogar mit ihr gesprochen und sie inständig gebeten, ihnen aus den Büchern herauszuhelfen. Was in den folgenden Tagen geschehen war, reimte sich Benno ungefähr so zusammen:

Die Malerin tat den Heiligen den Gefallen und machte sich daran, ihnen einen Aufenthalt im Bereich des Sichtbaren zu verschaffen. Und sie hielt sich streng an die Überlieferung der orthodoxen Ikonenmalerei, alte Holztafeln, Goldgrundierung. Worauf einer nach dem andern aus den Folianten herausstieg, auf den Bildern manifest wurde, gewissermaßen aus dem Reich des Wortes in die Bilderwelt umzog. Sie verlieh mit dem Pinsel lediglich Heiligenscheinen neuen Glanz und ordnete Gewandfalten. Als der siebzehnte Heilige versorgt war und er ihr ernst und würdig zunickte, wollte sie die Lektüre fortsetzen, doch da klaffte im Bücherregal eine Lücke.

Zum Ausgleich für den Verlust der Bücher übergibt die Malerin Benno die Bilder. Ihm ist der Tausch recht, ja sogar willkommen; die Pforte zur „Heiligen Welt" steht für ihn nun ohne Mühsal weit offen; er braucht sich nur in die Betrachtung der Bilder zu versenken. Wirklich ist von dem Tag an jegliche Profanität aus Bennos Leben gewichen. Die Heiligen blicken von den Wänden der Wohnung mit erwartungsvollen Mienen auf ihn und Wanda herab. Benno fühlt sich bedrängt, was wollen sie von ihm, verlangen sie nach einem Kult, nach einer heiligen Handlung?

Eines Tages erhalten Benno und Wanda überraschend Besuch von Bennos Familie. Sämtliche Verwandten treffen nach und nach ein, darunter auch Bennos verstorbener Vater. Am Abend versammeln sich alle um den großen Esstisch. Es entsteht eine familiäre Stimmung, in die auch die Heiligen an den Wänden einbezogen sind, als gehörten sie mit zum Familienkreis. Benno kommt der Verdacht, seine Verwandtschaft habe sich untereinander verabredet und sie führten was im Schilde.

Gegen Mitternacht erheben sie sich von ihren Stühlen. Eine angespannte Stimmung macht sich breit, eine seltsame Mischung aus Sachlichkeit und Heiligkeit – ähnlich wie in einem Kreißsaal. Was mögen sie vorhaben, sie haben Benno nicht eingeweiht. Der Vater krempelt die Ärmel hoch und übernimmt die Regie. Er erläutert, dass er sich im Jenseits mit dem Übergang zwischen den drei Seinsebenen befasst habe und in der sakralen Geburtshilfe bewandert sei. Sie stellen dann die Stühle zu einem magischen Quadrat zusammen, bilden einen Kreis darum und halten sich an den Händen. Der Vater spricht: „Erde, Himmel, die Sterblichen und die Göttlichen mögen sich um dies Weltgeviert versammeln, und sie mögen aus ihrer Mitte heraus den Heiligen Benedikt gebären." Jeder der erwachsenen Anwesenden kennt die notwendigen Handgriffe, wirkt bei diesem Mysterium mit. Nur Benno lässt ratlos die Arme hängen.

Das Wunder ereignet sich nach neun Minuten gespannten Ausharrens. In der leeren Mitte des Kreises bildet sich das Niggum; heiliges Dröhnen wandelt sich zu tiefem Raunen, feierlich an- und abschwellend, abgründiger Singsang einer sonoren Stimme, ein Lallen, das noch keinen Sinn ergibt, vielleicht jedoch einen dem normalen Verständnis entzogenen Ursinn. Am Anfang ist das Lallen, das Stammeln. Dieses verdichtet sich zum Wort, zu dem Namen Benedikt, Benedikt erschafft sich selbst mit seinem Namen. Beinahe scheitert die Emanation Benedikts allerdings im letzten Moment. Der kleine Enkel Michael fasst das Ritual als Spiel auf, springt übermütig in den magischen Kreis hinein und läuft auf der anderen Seite wieder hinaus. Danach ist eine Weile nur noch ein Gurgeln zu vernehmen, wie von einem Ertrinkenden. Kurz darauf aber atmen alle auf: Der Heilige Benedikt sitzt im Raum, ein bärtiger Mann in härenem Gewand mit einer Aureole um sein Haupt. Auch die Ankunft des Heiligen Augustinus verläuft nicht ohne Komplikationen. Als er sich schon zu verfestigen beginnt, verwischen unversehens seine Konturen und er flackert wie eine Kerze kurz vor dem Erlöschen. Den Verwandten fällt nichts anderes ein als zu beten. Der Vater hingegen beugt sich über ihn und wiederbelebt ihn durch Herzmassage. Im Laufe dieser „Heiligen Nacht" zitiert der Vater einen nach dem andern der Heiligen herbei. Und einer nach dem andern kommt aus dem „Nabel der Welt" in Bennos Stube hervor, verblasst auf dem Goldhintergrund der Ikone, und nach vollendeter Inkarnation bleibt eine aufgehellte Stelle an der Wand zurück; ihre Transsubstantiation, erklärt der Vater, zehre die Bilder auf – samt deren Rahmen. Die Heiligen gruppieren sich in der Zimmerecke um den Apostel Johannes. Sie stehen wortlos da, in wallende golddurchwirkte Gewänder oder auch in schlichte Kutten gehüllt, auf einfachen Stock oder auf den Krummstab gestützt, mit Tiara oder barhäuptig.

Nach der letzten Niederkunft verabschiedet sich die Verwandtschaft. Benno und Wanda sind mit den Heiligen allein und fühlen sich von den Ereignissen überfordert. Wie spricht man Heilige an. Mit „Ehrwürden“ oder ähnlichem? Haben sie vielleicht eine Botschaft? Kann Benno etwas für sie tun. Doch sie stellen keine Ansprüche, wollen bloß unbehelligt bleiben, und so kümmern sich Benno und Wanda nicht weiter um ihre seltsamen neuen Gäste. In den nächsten Tagen kommt sich Benno wie in einem Geisterhaus vor, in den Ecken hört er es raunen, er vernimmt Schritte, sieht dann aber niemand. Die Heiligen beratschlagen sich offenbar untereinander, sprechen so leise, dass Benno nichts versteht, gehen ihm aus dem Wege, verraten ihm nichts über ihre Absichten. Benno beginnt zu befürchten, sie könnten etwas Umstürzlerisches, etwas Gefährliches vorhaben. Er gibt sich dann aber mit der Überlegung zufrieden, dass sie ihn vermutlich nicht belasten oder gar durch Mitwisserschaft in etwas hineinziehen wollen.

Nach ungefähr zwei Wochen sind ihre Pläne – wie es scheint – ausgereift; denn kurz hintereinander verlassen sie die Wohnung. Da keiner sich von Benno und Wanda verabschiedet und Benno nicht weiß, wie lange sie ausbleiben werden und keiner einen Schlüssel bei sich hat, bleiben Benno und Wanda einige Tage zu Hause und warten auf die Rückkehr der Heiligen. Vergeblich. Enttäuscht gesteht Benno sich ein, dass er ihnen nicht einmal eine Nachricht wert war.

Trotzdem lässt ihn die Ungewissheit über ihr momentanes Schicksal keine Ruhe und er sucht nach Anhaltspunkten, was sie wohl in die Welt hinausgetrieben haben mag. Als er in seiner alten Hausbibel nachliest, stößt er auf die Stelle mit dem biblischen

Auftrag an die Apostel und ihre Nachfolger und gibt sich damit zufrieden, dass sie gemäß ihrer Berufung als Menschenfischer ausgeschwärmt sein würden, wünscht ihnen hierzu innerlich alles Gute, schließt dieses Kapitel für sich ab und widmet sich wieder voll und ganz seinem Beruf.

Monatelang verschwendet er keinen Gedanken mehr an die Heiligen, als sich die Malerin der Ikonen bei ihm meldet. Sie will sich ihre Arbeiten nochmals ansehen. Benno versucht es ihr auszureden. Sie lässt sich indes nicht davon abbringen; denn sie habe, beharrt sie, ein unbezähmbares Verlangen danach, mit ihnen einige grundsätzliche weltanschauliche Fragen zu besprechen. Wie soll er ihr erklären, dass er die Bilder nicht mehr besitzt. Er faselt ihr am Telefon etwas davon vor, dass er es sich selbst nicht erklären könne, aber die Bilder seien ihm über Nacht abhanden gekommen. Die Malerin entnimmt seinen Worten, man habe sie ihm gestohlen und meldet dies bei der Polizei.

Schon früh morgens am nächsten Tag klopfen zwei Polizisten an die Wohnungstür. Sie durchsuchen alle Zimmer, finden natürlich weder die Ikonen noch Spuren für einen Diebstahl. Der Polizeikommissar vernimmt Benno zur Sachlage. Eine Ausrede oder gar eine Lüge passt nicht zu Bennos Charakter und schon gar nicht zu dem der Heiligen; die Wahrheit aber würde ihm keiner glauben, sie würden ihn für verrückt halten. Benno versucht den Kommissar vom Thema abzulenken und spricht ganz allgemein über seine Liebe zu alten Büchern und Bildern.

Als ihm nichts mehr einfällt und er zu stottern beginnt, wird der Kommissar misstrauisch und wirft Benno vor, dass er ihm etwas verheimliche. Da läutet es. Ein Mann im grauen Straßenanzug steht draußen. Was will der, er kommt ungelegen. Erst beim zweiten Hinsehen geht Benno ein Licht auf, es ist der Heilige Benedikt. Aber wie sieht der denn aus, wie ein Herr Jedermann. Ist dies Tarnung oder hat Benedikt draußen in der Welt all seinen Glanz eingebüßt. Wo hat er bloß seinen Heiligenschein gelassen. Benno hat keine Wahl, er stellt dem Kommissar Benedikt vor – als einen der verschollenen Heiligen. Dem Kommissar steht die Ratlosigkeit ins Gesicht geschrieben und er verabschiedet sich unverzüglich. Benedikt aber stößt einen Seufzer aus. Er beklagt sich über die heutige Zeit und über Benno, durch dessen Schuld er unvorbereitet direkt vom Monte Cassino in den modernen Großstadtverkehr gestolpert und nun völlig mit den Nerven herunter sei. Er halte die Trivialität und die Hektik der modernen Welt nicht länger aus; er sehne sich zurück in die Welt der Bilder, aus der Benno ihn nie habe herauslocken dürfen. Die Zeit sei für die Botschaft der Heiligen noch nicht reif. Die Menschen machten sich über seinesgleichen bloß lustig, deshalb wolle er lieber in die Welt der Bilder zurückkehren – als ein gemalter Heiliger.

Im Laufe der nächsten Stunden stellen sich sämtliche Heiligen wieder ein, machen Benno die nämlichen Vorhaltungen, nehmen eine würdevolle Stellung an und erstarren zu Ikonen. Benno hängt sie lustlos an die Wand. Seine Begeisterung für die Heiligen ist mehr als gedämpft, ja sie ist erloschen. Seine Wohnung ist allem Anschein nach nicht der richtige Ort für die Heiligen. Außerdem kann er es sich nicht leisten, durch den Umgang mit ihnen weiterhin beruflich ins Hintertreffen zu geraten. Deshalb bietet er die Bilder in einem Vorstadtanzeiger zum Verkauf an.

Außer dem Kommissar, der ihm mitteilt, dass man das Verfahren eingestellt habe, ruft jedoch kein Interessent bei ihm an. Der Geruch von Heiligkeit in der Wohnung ist Wanda und Benno verleidet und treibt sie geradezu aus dem Haus. Nicht einmal übernachten mögen sie in ihren vier Wänden, und so kommen sie oft erst gegen Morgen mehr oder weniger angeheitert nach Hause. In seinem Büro kann Benno vor Müdigkeit kaum noch die Augen offen halten. Das zieht sich über vier Monaten hin. Er fürchtet, er wird bald Schwierigkeiten bekommen. Eines Nachts gegen ein Uhr – Benno und Wanda sind auf dem Heimweg von der Nachtvorstellung in einem Kino – spricht ihn im Bus eine rothaarige, übertrieben geschminkte Frau an. Sie habe von seinem Verkaufsangebot gehört und wolle die Bilder als Dekoration für Historienfilme in ihrem Kino erwerben.

Diese Person macht einen unseriösen, ja sogar einen liederlichen Eindruck. Deshalb zögert Benno zuerst. Aber dann sagt er sich, wenn die Heiligen brav in ihren Ikonen bleiben, werden sie geschützt sein wie in einer Klosterzelle. Albernheiten oder gar Obszönitäten können sie dort nicht erreichen. Und er wird endlich wieder ausschlafen können. Auch die Heiligen müssen einsehen, dass es ein Zurück in die Vergangenheit, dorthin wo die Kapelle auf der Anhöhe stand, nicht gibt. So beruhigt er sein Gewissen und geht auf den Handel ein.

Benno kauft für sich und Wanda – immer wenn er den Heiligen nahe sein will, und es ist ihm jetzt oft danach – eine Eintrittskarte für den unterirdischen Kinosaal. Zu seiner Beruhigung stellt er fest, dass sie sich nach einer kurzen Eingewöhnungszeit offenbar wohl in ihrem neuen Domizil fühlen. Er sieht es ihren entspannten Gesichtern an. Um die Weihnachtszeit, es läuft ein Film über ein biblisches Geschehen, ruckt und zuckt es in den Mienen der Heiligen. Wie er sie kennt, können sie auf die Dauer die Augen nicht vor dem verschließen, was da auf der Kinoleinwand abläuft. Sie müssen einschreiten, sie fühlen sich dazu gedrängt.

Und so pendeln sie nun hin und her zwischen den beiden Phantasiewelten, dem der Bilder und dem der Leinwand. Auf diese Weise erschließt sich ihnen ein neues Wirkungsfeld. Längst denkt die Kinoinhaberin nicht mehr daran, sie bis zum nächsten Historienfilm ins Depot zu verbannen. Denn wenn einer der Heiligen auf der Leinwand sich einmischt, geht ein Erschauern durch die Reihen, das Publikum erhebt sich von den Sitzen. Selbst die schlechtesten Filme werden durch ihr Eingreifen zum Kunstwerk. Sie haben ein Gespür für gutes Kino. Bei Handlungen, die ihr Geschmacksempfinden verletzen, geben sie der Geschichte eine andere Wendung, decken einen tieferen Sinn auf. Bei düsteren Krimis erstrahlt ihr Heiligenschein umso heller. Selbst in primitivsten Sexstreifen erheben sie das Geschehen auf eine höhere Ebene, und jeder Akt wird zum Hieros Gamos, zur Heiligen Hochzeit.

Das Publikum bleibt nach dem Ende noch lange beisammen und feiert das cineastische Ereignis. Zwischen den Reihen aber sitzen schemenhaft die Heiligen und kehren erst gegen Morgen in ihre Ikonen zurück. Benno ist stolz auf seine Heiligen und nachträglich froh darüber, sie aus der Verbannung in den Folianten erlöst zu haben, so widrige Umstände ihm das auch bereitet hat.

Irgendwann aber rührt sich bei ihm dennoch ein Bedauern und er überlegt: In der fiktiven Welt des Kinos haben sich die Heiligen behauptet und sie sind durch das Kino über alle Facetten der heutigen Welt im Bilde. Ist es nicht schade, wenn sie ihre Begabungen auf die Dauer im unterirdischen Gewölbe vergeuden. Sind sie nicht inzwischen gut vorbereitet, sich nochmals der rauen Wirklichkeit zu stellen. Und er nimmt sich vor, mit dem Heiligen Benedikt einmal unter vier Augen darüber zu sprechen. Dieses Anstoßes bedarf es jedoch nicht mehr. Beim nächsten Kinobesuch treffen Benno und Wanda die Heiligen nicht mehr an. Sie sind fortgegangen, ohne einen Abschiedsbrief oder wenigstens einen Gruß zu hinterlassen.

Über ihr weiteres Schicksal erfahren Benno und Wanda gelegentlich durch eine Notiz in der Zeitung.

Es ist nicht leicht, ihr Tun und Treiben zwischen den Zeilen herauszulesen. Immerhin kann Benno ausfindig machen: Augustinus betätigt sich als Unternehmensberater, Johannes widmet sich der Priesterausbildung, Benedikt hat die Benediktenwand bestiegen und betreibt eine Almhütte.

Paradies

„Wir waren den Winter über im Paradies. Euch erzählen wir es, sonst sprechen wir mit keinem darüber." Endlich lüftet Eva das Geheimnis, warum sie und Andi so selten Zeit für ihre Freunde haben.

„Wo ist das und wie kommt man da hin", will Wanda wissen. Andi erklärt, dass man unbedingt ein Empfehlungsschreiben brauche, und das dürfen sie nur jemandem geben, den sie als vertrauenswürdig empfinden. Fragend schaut er Eva an, die nickt, und er stellt das Schreiben aus.

Anfang November fahren Benno und Wanda dann mit dem Bummelzug zu einer am Meer gelegenen kleinasiatischen Ortschaft, einem armseligen Dorf, das aus verlassenen, halb verfallenen Häusern und einem Wartesaal besteht, in dem sich ein Dutzend Leute versammelt haben, die alle mit dem Motorschiff zum Paradies übersetzen wollen.

Fast befürchtet Benno, sie würden abgewiesen, da er das Empfehlungsschreiben nicht gleich zur Hand hat. Die Miene des Kontrolleurs verfinstert sich. Zum Glück entdeckt Benno das Schreiben im Koffer, es steckt in der Innentasche der Jacke, die er bei Evas und Andis Besuch getragen hatte. Der Kontrolleur wirkt in seinem schwarzen Anzug steif und förmlich. Als Benno das Schreiben endlich vorweisen kann, ändert sich sein Verhalten schlagartig. Ein freundliches Lächeln erhellt seine scharfen mediterranen Züge. „Aha, Eva und Andi!“, strahlt er sie an.

Direkt am Landungssteg zum Paradies liegt die kleine Stadt „Paradies“. Sie hatten sich diese anders vorgestellt, nicht so eng aneinander gedrängt, besonders da sie Eva und Andi als überzeugte Naturliebhaber kennen, die gern Bergsteigen und den weiten Gipfelblick lieben. Benno und Wanda fühlen sich in ein Bilderbuchmittelalter versetzt: schmalbrüstige, bunt angestrichene Häuser, enge Gassen. Alles wirkt gepflegt, sauber und aufgeräumt.

Nachdem sie sich in einem putzigen Schmuckkastenhotel einquartiert haben, schlägt Benno vor, während Wanda auspacke, könne er den Kontrolleur aufsuchen. Der hatte ihnen zugesichert, dass er für alle Fragen ein offenes Ohr habe und sich tagsüber am Strand aufhalten würde.

Um mehrere Ecken herum gelangt Benno wirklich in drei Minuten an den Badestrand, blaues Meer, feiner sauberer Sand, einige wenige Menschengruppen lagern unter Palmen und Sonnenschirmen. Benno stapft am Ufer entlang durch den Sand und schaut sich nach dem Kontrolleur um. In seinem schwarzen Anzug ist der nicht zu übersehen. Natürlich hat Benno, sollte dieser ihn nicht gleich wiedererkennen, vorsichtshalber das Empfehlungsschreiben dabei. Gerade zieht er das Schreiben aus der Tasche, da erblickt er Wanda langsam und wankend, mühsam einen Schritt vor den andern setzend, auf ihn zu kommen. „Wo bleibst du so lange, es geht mir schlecht, das Herz“, stöhnt sie.

Benno wendet sich an den Kontrolleur: „Wir brauchen dringend einen Arzt, wie können wir einen erreichen." „Es tut mir leid", meint der, „leider gibt es auf der Insel keinen Arzt". Benno und der Kontrolleur stützen Wanda gemeinsam und bringen sie ins Hotel zurück. Sie legt sich hin und schläft sofort ein. Vermutlich hatte sie einfach zu wenig Schlaf und ist von den Reisevorbereitungen, der Wartezeit am kleinasiatischen Ufer und der Überfahrt erschöpft. Während sich Wanda erholt, schaut Benno sich im Ort um, er hofft ein paar Leute kennenzulernen und zu erfahren, wie es denen im „Paradies" gefällt. Hundert Schritte von ihrem Hotel entfernt entdeckt er ein kleines Café. Einige Frauen sitzen um einen runden Tisch und diskutieren. Benno setzt sich in ihre Nähe, um ein wenig von dem Gespräch aufzuschnappen. Sie reden über die Männer. Eine aufreizend hübsche, etwa dreißigjährige Frau mit kastanienfarbenem Haar behauptet: „Bei denen ist das immer die gleiche Geschichte. Ist man mit einem Mann eine halbe Stunde allein im Zimmer, macht er sich an einem zu schaffen und beginnt einen auszuziehen."

Benno kann nicht umhin, sich einzumischen und sagt vernehmlich: „Dauert ihnen denn die halbe Stunde zu lang." Eigentlich rechnet er daraufhin mit Gelächter. Die Damen zeigen jedoch keinen Anflug von Humor. Sie wenden sich ihm zu und beginnen ihn aufzuklären. „Hier im Paradies herrschen andere Sitten als die, die euch Sexisten lieb sind. Wir haben im Paradies das Matriarchat eingeführt, mit Sex haben wir nichts im Sinn."

Benno gibt sich geschlagen, besser er legt sich nicht mit ihnen an. Anscheinend hat er es bei diesem Konsortium mit der Inselregierung zu tun. Er hört noch eine Weile zu. Sie beraten über strengere Vorschriften für die Badekleidung. Schon vorhin wunderte er sich darüber, dass manche Frauen am Strand statt Bikinis altmodische Badeanzüge trugen.

Benno glaubt nicht, dass er und Wanda sich in diesem Paradies wohl fühlen werden. Sie mögen es beide am liebsten textilfrei. Die Lust nach weiteren Erkundigungen ist ihm vergangen und er geht ins Hotel zurück. Wanda ist zum Glück wieder wohlauf. Benno erzählt ihr, was er erfahren hat. Sie fragen sich beide, auf welchen ideologischen Trip sich eigentlich Eva und Andi befinden, da sie ihnen dieses „Paradies" empfohlen haben, und beschließen die Insel baldmöglichst zu verlassen, allerdings müssen sie mindestens drei Monate ausharren, bis wieder ein Boot anlegt.

Damit hatten sie nicht gerechnet. Da kommt Benno der paradiesische Gedanke: Vielleicht sollten wir etwas anstellen, damit wir aus diesem Paradies vertrieben werden.

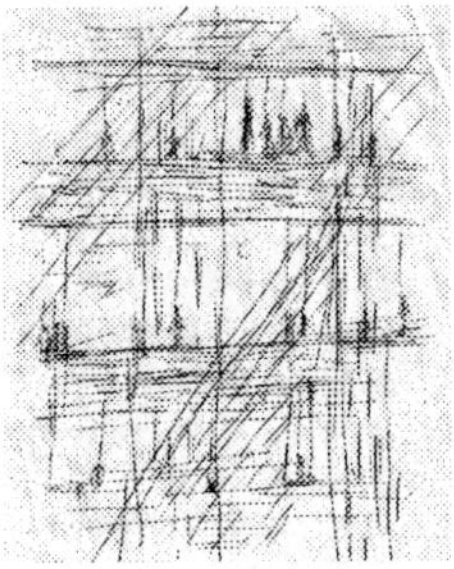

Das Projekt

Benno hört sich an, was der Prokurist Huber über ein neues Projekt berichtet. Der Kollege Rolf erhebt sich von seinem Schreibtischstuhl und kommt auf sie zu. Er strahlt Benno an und reicht ihm die Hand. Dann streckt er sie dem Prokuristen hin, der sie aber ignoriert, was Benno nicht überrascht, denn er erinnert sich noch genau an Rolfs Beerdigung; Rolf ist offenbar für seine Kollegen unsichtbar. Der schlanke, hochgewachsene und gutaussehende Rolf mit den schwarzen Schmachtlocken war immer beliebt in der Abteilung. Ein wenig gekränkt wendet Rolf sich ab und geht auf drei Leute zu, die abseits stehen und die Benno in der Firma noch nie gesehen hat. Benno fragt sich beunruhigt, gehören die nun zu den Lebenden oder zu den Toten. Und er selber? Wozu muss er sich zählen?

Am nächsten Tag stößt er auf dem Weg von der Buchhandlung am Marienplatz zu seinem Wagen auf Rolf und Lothar. „Man kennt sich ja fast nicht mehr, wo sind Sie bloß so lange gewesen?“, spricht er Lothar an und schüttelt ihm kräftig die Hand. Benno kennt Lothar als jemand, der sich permanent überfordert hat. Es würde Benno nicht verwundern, wenn Lothar inzwischen auch zu den Jenseitigen zählte. Sein graziler Körper könnte vielleicht nicht mehr durchgehalten haben.

Benno erblickt zwei Schritte entfernt neben der Brunnenfigur den Kollegen Gerd und, halb verdeckt dahinter, bemerkt er dessen Frau Helga: „Tut mir leid, ich habe Sie nicht bemerkt und Sie deshalb nicht gleich begrüßt."

Rolf und Lothar diskutieren heftig über ein Projekt, das sie gemeinsam vorhaben. Sie beziehen Gerd nicht in ihr Gespräch mit ein. Vermutlich hat Gerd mit dem Projekt nichts zu tun. Aber dass Lothar und Rolf ihn nicht beachten, als seien er und seine Frau nicht vorhanden, erstaunt Benno und er empfindet es zunächst als taktlos. Aber dann beruhigt ihn der Gedanke: Vielleicht leben die noch.

Obwohl Benno genau hinhört, kommt er nicht dahinter, um welches Projekt es sich handelt. Lothar hatte vor einigen Jahren einen Verlag für experimentelle Literatur gegründet. Schon nach ein paar Monaten gab er auf. Es fehlte an allem, an guten Autoren, an Kapital und namentlich an Sachverstand. So wie Benno Lothar kennt, lässt ihm der Fehlschlag keine Ruhe und er startet einen erneuten Versuch.

Lothar verabschiedet sich nun von Rolf. Benno bietet Rolf an, ihn in seinem Wagen mitzunehmen, da er in der Nähe von ihm wohne. Während der Fahrt fragt er ihn, ob Lothar vorhabe mit ihm einen Verlag zu gründen. Die Voraussetzungen seien in dieser Branche jetzt günstiger und er würde ihnen überdies gerne mit Rat und Tat zur Seite stehen, da ihm dieses Metier nicht fremd sei. Nein, antwortet Rolf, soviel könne er jedoch sagen, um einen Verlag gehe es bei diesem

Projekt nicht. Mehr dürfe er leider nicht verraten. Benno fühlt sich ausgeschlossen, und das tut ihm ein wenig weh. Sie sind doch Kollegen. Schade.

„Was empfindet Rolf wohl, wenn er bei Leuten steht, die über Dinge miteinander reden, von denen sie nichts verstehen. Er aber wüsste es besser, kann sich ihnen aber nicht mitteilen."

Benno fällt nicht gleich auf, dass er Rolf in der dritten Person anspricht, sozusagen als existiere Rolf doppelt. Anscheinend stört den das nicht oder er tut nur so. Er meint lediglich: „Man gewöhnt sich daran."

Erst jetzt entsinnt Benno sich daran, dass Rolf und Lothar beide vor einem Jahr fast um die gleiche Zeit gestorben sind.

„Gibt es denn öfter Leute, die so wie ich mit den Toten reden können?" „Selten", erwidert Rolf, „darum besuchen wir sie ja in ihren Träumen."

„Hier bitte links", fordert er Benno auf, als sie an der Ampel Petuelring warten müssen. Aber da geht es ja zum Schloss. Das ist doch weder Rolfs noch Bennos Nachhauseweg.

Rolf erklärt, er habe im Schloss mit einem Partner zusammen ein Büro. Benno geht natürlich mit rein. Das Büro liegt im ersten Stock. Rolfs Partner, ein blonder, blasser junger Mann, blättert in einer Akte. Auf seinem Schreibtisch türmen sich die Aktenstöße. Einer der Aktendeckel trägt die Aufschrift: „Eheleute Wanda + Benno."

Benno wundert sich, wieso die über Wanda und ihn eine Akte führen. Der junge Mann bemerkt Bennos

Neugier. Er schlägt den Ordner auf: „Sie müssen beim Essen vorsichtig sein. Hier steht was von Übelkeit!" „Werde ich denn bald sterben?", will Benno wissen. Ihm ist ein wenig mulmig zumute. „Das betrifft die Vergangenheit", murmelt der Mann.

Benno ist verunsichert. Kann er ihm das glauben? Auf dem Schreibtisch sind aus Zeitungen ausgeschnittene Fotos ausgebreitet. Er erkundigt sich: „Was hat es mit den Fotos auf sich?" Der Mann rafft die Fotos, bevor Benno sie sich genauer betrachten kann, mit den Worten zusammen: „Nicht nur Sie haben eine heimliche Geliebte, auch ihre Frau sehnt sich nach einem anderen Mann."

Benno wüsste zu gern, wer das wohl sein mag. Vielleicht einer von den gutaussehenden Männern auf den Fotos?

Zweiter Weg ins Paradies

Das Land, in dem du frei sein wirst, frei von all den Bindungen, auf die du dich im Laufe deines Lebens eingelassen hast, liegt im Süden. Um dieses Land zu erreichen, musst du ein unterirdisches Labyrinth durchqueren, über dem sich ein riesiges, unübersteigbares Gebirgsmassiv türmt. Ohne einen Führer ist es aussichtslos ans Ziel zu gelangen, und selbst mit einem solchen ist es nicht sicher. Am Tunneleingang warten stets ein Dutzend Leute, die sich als Führer anpreisen.

Der chaplinesk aussehende Mann, den Wanda und Benno sich ausgesucht haben, wirkt zuverlässig. Zudem hält er einen etwa zehnjährigen Jungen an der Hand, was zusätzlich für ihn einnimmt. Er beteuert, er habe schon viele durch den Berg geführt, man könne sich ihm unbesorgt anvertrauen.

Der Weg zieht sich hin, allzu lange, vorbei an zahlreichen Abzweigungen. Der Führer wird sich bestimmt verlaufen haben, befürchtet Benno, hält aber den Mund. Man sieht im Schein seiner Taschenlampe nur wenige Schritte voraus. In dieser Finsternis durfte man es sich mit dem Besitzer der Taschenlampe nicht verderben.

Sie begegnen die ganze Zeit über keiner Menschenseele. Endlich sehen sie weit vorne einen Lichtschimmer, Polizisten in blauen Uniformen halten Wache an einer Barriere. Die Polizisten wirken bedrohlich und lassen sie erst passieren, als Benno eine Gebühr entrichtet hat. Es ist nun nicht mehr ganz so finster. Im Abstand von etwa fünfzig Metern kommen sie an vergitterten Fenstern vorbei, durch die Licht einfällt, sie blicken in kahle, einsame Schluchten, und halten vergeblich nach einer menschlichen Ansiedlung Ausschau. Der Knabe wird quengelig. Er klagt, es sei ihm übel, und dann erbricht er sich. Zum Glück ist keine Polizei in der Nähe, sonst wäre wohl wieder eine Gebühr fällig.

In der Tat begegnen sie nun oft Polizisten, merkwürdiger Weise niemals Zivilisten, aber man kümmert sich nicht um sie. Allmählich wird Benno misstrauisch, es sieht danach aus, als näherten sie sich eher einem Polizeistaat als dem Paradies. Sie wären also menschlichen Bindungen, die sie seit langem schon als beengend empfanden, entflohen und würden nun erst recht um ihre Freiheit bangen müssen. Ein schlechter Tausch. Am liebsten würden sie umkehren. Wanda und Benno bleiben unschlüssig stehen. Der Mann mit dem Knaben ist vorausgeeilt und außer Sichtweite.

Hallo!

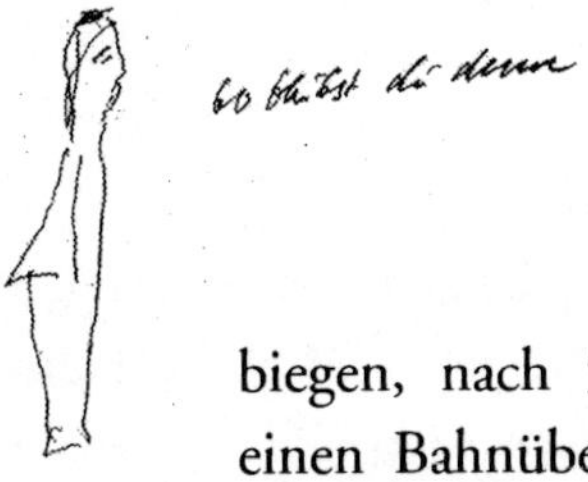

Übergang

„Sie müssen links abbiegen, nach 500 Meter kommen Sie an einen Bahnübergang, von dort aus sind es nur mehr 30 Minuten nach Menzingen.“

Solche Führernaturen, wie der da einer zu sein scheint, der einem ungefragt sagt, wo es lang geht, sind Benno schon immer zuwider. Benno schätzt den Mann auf etwa vierzig Jahre, offensichtlich Pfadfinder. Er trollt sich mit einer Gruppe von zehn Knaben den Weg nach links. Benno geht seine Pfade lieber alleine, hält sich also rechts.

Er hofft, auf einen Bahnübergang zu stoßen, es muss doch auf dieser Seite bald einer kommen. Die Landschaft ändert sich, dichter Wald löst die Felder und Wiesen ab. Das Bahngleis schwenkt in einen Tunnel ein und Benno kann den Gleisen nicht weiter folgen.

Er wandert nun einen breiten Fluss entlang, hält sich dicht ans Ufer. Manchmal kommt er in Schwemmland, er weicht überfluteten Auen aus, hüpft über Pfützen von einer trockenen Stelle zur anderen. Nirgendwo eine Brücke. Benno nimmt sich vor, den Fluss auf keinen Fall aus dem Auge zu verlieren.

Wenn ihm Häuser im Weg stehen, durchquert er diese auf dem kürzesten Weg Richtung Flussseite. Er steigt – wenn nötig – über Betten, selbst wenn ein Paar drinnen liegt, und klettert durch Fenster. Einmal rennt ihm ein Ehemann hinterher und beschimpft ihn wüst.

Was der genau sagte, versteht Benno allerdings nicht. Er hält die Sprache für Schwedisch.

Anscheinend ist er also inzwischen in Schweden angelangt. Die Gegend gefällt ihm. Aber er kann hier nicht bleiben. Er will nach Hause. Ein Urlaub nächstes Jahr mit Wanda in dieser Gegend würde ihm gleichwohl gefallen.

Jetzt will er allerdings weiter und er hofft, ganz oben im Norden wird er über die Meerenge auf die andere Seite kommen, falls es dort zugefroren ist. Und dann hat er noch den Rückweg bis zur Bahnschranke vor sich. Zu Hause werden sie sich wundern, wo er so lange bleibt. Er wird zugeben müssen, dass er nicht den kürzesten Weg genommen hat, weil er sich nicht von einem Pfadfinder hat gängeln lassen. Aber immerhin hat er einiges von der Welt gesehen.

Sponsoren

Wir bräuchten dringend Sponsoren für unseren Künstlerkreis. Wanda wirft als einzige von den dreißig Kunstmalern die Flinte nicht ins Korn. Sie schlägt vor: „Einer von uns muss sich einen Namen machen. Am einfachsten geht das nach der Methode: ‚Wer dreimal aus dem Blechnapf frisst, zählt automatisch zur Prominenz. Er hat eventuell sogar Anspruch auf einen roten Teppich.'"

Wanda will sich probeweise für zwei Wochen Knast zur Verfügung stellen. Der Künstlerkreis diskutiert über ihren Vorschlag und stimmt schließlich zu. Sie ist jung, hübsch, und eine Frau hat ohnehin bei den Sponsoren die besseren Chancen. „Schieben wir es nicht auf die lange Bank", mischt sich Benno ein, „ich begleite Wanda morgen früh zur Gefängnisverwaltung. Zwar können wir keinen Haftbefehl vorweisen, aber vielleicht kommt man uns entgegen."

Neben dem Eingang des Verwaltungsgebäudes gibt es eine Cafeteria. Wanda und Benno frühstücken dort zuerst mal in aller Ruhe und erkundigen sich bei der Bedienung nach dem Anmeldebüro. Es befindet sich im ersten Stock. Dort hinten links in der Eingangshalle führt die Treppe hinauf. Sie erklimmen die hölzerne, knarzende Treppe in den ersten Stock zum Anmeldebüro. Im Raum stehen schwere, dunkle Möbel, er wirkt wie das Sprechzimmer eines Psychoanalytikers aus der Anfangszeit der

Psychoanalyse. Etwa zehn Leute warten auf ihren Aufruf. Ob die wohl alle Verbrecher sind? Man sieht es ihnen nicht an: ganz normale unauffällige Leute. Ein junger pickliger, rothaariger Mann entblößt vor Benno seinen linken Unterarm. Er will sich bei dem Beamten beschweren, weil er sich bei seiner letzten Haft eine Entzündung zugezogen hat. Sie probieren an den Häftlingen im Auftrag der Industrie neue Arzneimittel aus, klärt er Benno auf, und er hat die Medikamente, die man ihm verabreichte, nicht vertragen.

Als Wanda an der Reihe ist, erkundigt sie sich bei dem Beamten, der in einem weißen Kittel hinter seinem Mahagoni-Schreibtisch sitzt, ob es stimme, dass die Häftlinge als Versuchskaninchen benutzt würden. Im Prinzip ja, meinte er, aber so könne man das nicht nennen. Während er die Einweisungspapiere ausstellt, spielt er die Angelegenheit herunter. Bei der Testreihe bestehe kein besonderes Risiko, man solle sich deswegen keine Sorgen machen. Bisher seien noch nie Nebenwirkungen aufgetreten. Und der junge Mann sei doch bloß ein Simulant.

„Was möchten Sie heute zum Mittagessen?“, will er dann wissen. Weißwürste mit Semmeln und Bier könne er empfehlen. „Die mag ich nicht“, wehrt Wanda ab. „Das fängt ja gut an“, flüstert Benno Wanda zu. Er kennt Wandas subtiles Geschmacksempfinden, und dies in jeder Hinsicht. Aber dann setzt der Beamte hinzu: „Sie können sich auch aus der Speisekarte was aussuchen. Dreimal am Tag.“ Wanda entgegnet: „Ist schon in Ordnung. Ich will mich in den zwei Wochen nicht mästen." Er verabschiedet sie und wünscht ihr einen guten Aufenthalt. Zum Glück hat er sich nicht einmal nach der Genehmigung für den Haftaufenthalt erkundigt. Für den Künstlerkreis sind ja nur die Entlassungspapiere wichtig.

Benno ist währenddessen mulmig zumute, ihm scheint diese Sache zu riskant. Mit einer einzigen Urkunde wäre außerdem nichts gewonnen. Sie müsste sich der Prozedur mindestens dreimal unterziehen, bevor man vielleicht zusätzlich zum Werbeeffekt sogar mit einer Haftentschädigung rechnen könnte. Und was ist, wenn man Wanda nach zwei Wochen nicht entlässt, wenn man sie gar für längere Zeit festhält, für ein Jahr oder für zwei, oder wenn sie krank wird, wie dieser rothaarige junge Mann. Das brauche ihn nicht zu beunruhigen, beschwichtigt Wanda ihn. Wenn sie sich im Knast nicht wohl fühlen würde, sei sie innerhalb von zwei Tagen wieder in Freiheit.

Benno und Wanda steigen die abgenutzte Treppe wieder runter, biegen unten in die falsche Richtung ab und irren etwa eine Stunde durch düstere Gänge. Endlich finden sie den Ausgang; in der Caféterria sitzen die gleichen Leute wie vorhin. Auf der anderen Straßenseite befindet sich das Gefängnis, ein finsteres Gemäuer.

Angesichts dieses furchterregenden Anblicks versucht Benno Wanda nochmals umzustimmen: „Du kannst es dir jetzt noch immer überlegen. Wenn du erst einpassiert bist, ist es zu spät." Aber Wanda bleibt bei ihrem Entschluss: „Mach dir über mich keine

Gedanken. Außerdem kannst du mich ja am Sonntag besuchen."

Benno geht also, nachdem er Wanda bis zur Zelle begleitet hat, alleine nach Hause. Wäre es erlaubt gewesen, wäre er mit ihr in der Zelle geblieben, einem recht freundlichen, hellen Raum, in dem ihm mit Wanda zusammen die Zeit wie im Flug vergangen wäre.

Am Abend veranstaltet der Künstlerkreis eine Misswahl. Auch diesen Vorschlag zur Werbung hatte sich Wanda ausgedacht. Und nun ist sie nicht einmal mit unter den Konkurrentinnen. Die Gewinnerin ist Ulrike. Zuerst gibt es allerdings einen kleinen Skandal. Statt im Bikini erscheint Ulrike splitternackt vor der Jury. Man will ihr deshalb schon zehn Punkte abziehen, und damit wäre sie aus der Konkurrenz ausgeschieden. Aber Ulrikes Vater bittet, Ulrikes Fehlverhalten zu entschuldigen: „Sie kennt das nicht anders, sie war bis vor drei Monaten Stripperin." Woraufhin die Jury auf den Punkteabzug verzichtet. Ulrike ist ja unzweifelhaft die Hübscheste von den dreizehn Teilnehmerinnen. Und überdies sind alle dankbar für neue Mitglieder und offen für jegliche Kunstgattung.

Superman

Benno veröffentlichte beim TS-Verlag einige Bücher, Literarisches, aber auch Broschüren zu Fachthemen wie „Der aufblasbare Mensch“. Leider steckt der Verlag, wie die meisten kleinen Verlage, finanziell in der Krise. Man hat ihm von seinen letzten Veröffentlichungen nicht einmal Belegexemplare zugeschickt. Benno hat inzwischen den Überblick darüber verloren, was überhaupt erschienen beziehungsweise noch greifbar ist. Der Verlag hat notgedrungen sein Angebot auf andere Produkte ausgedehnt, wie zum Beispiel auf Puppen.

Benno hat neben seinen vielen schriftstellerischen Werken auch eine Puppe erschaffen. Sie ist aufblasbar und im aufgeblasenen Zustand ein etwa dreißig Jahre alter Gentleman mit dem durchtrainierten Körper eines Hochleistungssportlers, gekleidet wie ein Fürst aus dem Mittelalter, außerdem ausgestattet mit einem Kaiser-Wilhelm-Schnurrbart, wunderbar hochgezwirbelt, auf den Benno besonders stolz ist. Benno ist sich nicht ganz schlüssig, es könnte sich auch um einen Krieger aus einem Science-Fiction-Film oder um einen Samurai-Kämpfer handeln, Benno nennt ihn mal „Tschingis Khan“, mal „Valentino“, mal „Felix Krull“, mal „Rambo“. Die Puppe ist eine Kreuzung von allem, sozusagen ein Superman.

Benno stellt die Puppe in seinem Künstlerkreis vor. Der Kreis trifft sich einmal im Monat, bleibt dann meist bis weit nach Mitternacht zusammen und spricht über die Werke eines der Mitglieder des Kreises. An einem dieser Abende ist Benno endlich an der Reihe. Seine Bücher legt er, soweit er sie beschaffen konnte, auf einem Tisch in einem kleinen Nebenraum aus und zeigt auch einige Aquarelle, die er in letzter Zeit gemalt hat.

Für Benno bietet sich auf diese Weise die Gelegenheit, den Prototyp seines Supermans erst einmal intern vorzustellen. So gut der auch aussieht, Benno ist noch nicht ganz zufrieden. Sein Superman hat eine Schwäche: nach fünf Minuten geht ihm die Luft aus. Er fällt dann in sich zusammen und liegt da als lasche unansehnliche Masse.

„Was macht der denn hier, der passt doch gar nicht zu uns", sagt die Hinterglasmalerin Gerlinde zu Benno und deutet dabei auf Bennos Schönling, womit sie – das sieht Benno ein – durchaus recht hat. Benno beruhigt sie: „In fünf Minuten fällt der sowieso in sich zusammen."

Der Prototyp hat Gerlindes Protest mitbekommen und meint bescheiden: „Nur keine Aufregung wegen mir. Ich habe ja nur fünf Minuten Zeit, muss mich beeilen, muss noch in die Ausstellung rüber." Er nickt Gerlinde kurz zu, verschwindet in den Nebenraum und stellt sich neben den Büchertisch unter das Schildchen „Superman". Als er nach fünf Minuten in sich zusammenfällt, schämt er sich ein wenig wegen des Schildchens und ist darüber zerknirscht.

Welträtsel

Benno versucht sich möglichst durch Lektüre auf dem neuesten naturwissenschaftlichen Erkenntnisstand zu halten und lässt sich dazu gern von Rezensionen anregen. Ein ihm durch Besprechungen in Tageszeitungen und Fernsehsendungen bekannter Astronom hat zwei Bücher verfasst, ein populäres, das sofort ein Bestseller wurde, und ein wissenschaftliches. Mit dem populären hat Benno sich nicht befasst. Herta, die es gelesen hat, versichert ihm, dem Astronomen sei die endgültige Lösung aller Welträtsel gelungen. Benno nimmt sich das wissenschaftliche Werk vor. Er will überprüfen, ob was dran ist, natürlich soweit es seine Kenntnisse zulassen.

Franziska, Rektorin einer Gesamtschule, hält die Theorien des Astronomen für Spekulation. Sie ist Mitglied eines Weltanschauungskreises. Monatlich bekommt sie eine Broschüre zugeschickt. Neben ihrem Bett türmt sich ein ganzer Stapel dieser Hefte. Die Themen reichen von Astrologie über Chiromantie bis zu Zaubersprüchen. Die Herausgeber sind davon überzeugt, auch sie hätten die Welträtsel gelöst. Benno hegt seine Zweifel und fragt Franziska: „Kann man auch als Nichtmitglied einige Hefte beziehen. Vor allem hätte ich gern welche über Handschriftendeutung, da ich davon etwas verstehe."

Das Ehepaar Eichel wiederum hält nichts von Theorien, weder von denen der Wissenschaftler noch von denen der Esoteriker. Sie sind der Ansicht: „Das sind doch alles nur Behauptungen, die bringen einen nicht weiter. Einsichten kann man nicht von anderen beziehen, man muss sie sich selber erarbeiten. Und das gelingt bloß durch eine radikale Umstellung des eigenen Lebensstils. Zuerst heißt es, die Wohnung anders einzurichten. Vor allem die Bücherregale stören. Wenn man sie nicht alle entfernen möchte, sollte man sie wenigstens zuhängen."

Benno überlegt, wem von denen soll er nun eher glauben. Und ist es die Sache überhaupt wert, dass er sich darüber Gedanken macht?

Ein mystisches Erlebnis

Der Mann dort hinten auf der Pritsche des Praxisraums wird wohl ein Patient sein, schmal, bleich, fast abgezehrt. Benno ist erst für eine Stunde später bestellt, will jetzt nicht stören, hat sich hinter dem Vorhang rechts von der Tür gestellt und blickt durch den Spalt. Die Praxis eines Heilers hat er sich anders vorgestellt. Der Raum sieht eher wie eine typische Arztpraxis aus. Nüchtern, steril, weiße Regale. Sicher wird der Heiler gleich erscheinen. Benno fühlt sich nicht krank, er ist kein Patient, sondern in dieser Angelegenheit Journalist, er soll den Heiler interviewen. Der Heiler hat zu seinem 50. Geburtstag eingeladen, und Benno ist eher gekommen, weil er vorher die Praxis besichtigen möchte.

„Jetzt geht es los“, sagt der Mann auf der Pritsche. Eine Frauenstimme aus dem Nebenraum antwortet: „Ich bin bereit!“

Also ist der Mann auf der Pritsche doch der Heiler selber, mutmaßt Benno. Seine Gestalt verändert sich mit einem Mal, sie beginnt zu leuchten, ein weißer Schein umgibt sie, ein mystischer Glanz, wie die helle Aura der Engel auf mittelalterlichen Gemälden. Benno spürt, wie ein Teil dieser Energie zu ihm herflutet. Nach einigen Minuten erlischt dieses Licht. Benno fühlt sich wie neugeboren. Die Patientin kommt aus dem Nebenraum und bietet dem Heiler an, bei den Vorbereitungen zum Fest zu helfen. Unbemerkt verlässt Benno den Praxisraum.

Eine Stunde später ist Benno wieder zur Stelle. Er geht auf den von seinen Gästen umringten Heiler zu. Benno fühlt sich seit einer Stunde immer noch wie neugeboren. Die Patientin von vorhin bedankt sich gerade bei dem Heiler. Sie sei mit einem Schlag all ihre Leiden losgeworden. Der Heiler erklärt, sie habe sich nicht ohne Grund im Nebenraum aufgehalten und das bei geschlossener Verbindungstür. Die Ausstrahlung würde auf diese Weise gedämpft.

Benno ist dem Heiler so unendlich dankbar, dass er keine Worte dafür findet und umarmt ihn. Der Heiler ist verblüfft, anscheinend hatte er nicht bemerkt, dass Benno seine Energien „angezapft“ und den geballten Energiestrom abbekommen hatte. Der Heiler aber scheint nun doch etwas zu ahnen, er eröffnet Benno, dieser würde nun über spirituelle Begabungen verfügen, die ihm jedoch erst im Laufe der Zeit bewusst würden und mit denen er mit äußerster Vorsicht umgehen solle. Sie setzten eine hohe charakterliche Reife voraus. Zum Beispiel wäre er jetzt fähig zu fliegen, mindestens aber könne er sich zwanzig Zentimeter über dem Erdboden fortbewegen. Benno nimmt sich vor, vorläufig die neuen Talente nicht zu gebrauchen und mit niemand über diese zu reden. Schon gar nicht will er sich auf eine Privatvorstellung einlassen. Er bezweifelt selber, dass er über die dafür nötige Reife verfügt. Er kann sich ja nicht mal auf dem Erdboden fortbewegen, ohne hin und wieder zu stolpern.

Der Kommissar

Benno ist neu im Kommissariat. Heute ist sein erster Arbeitstag. Er hat zwei Kollegen, Kommissar Grans, den er auf etwa fünfzig Jahre schätzt, und Inspektor Satori, der etwa in seinem Alter sein dürfte. Vor einem halben Jahr hat sich Benno im Kommissariat beworben und absolvierte als Vorbereitung für seine neuen Aufgaben einen Kurs in der Kunst des Observierens.

Sie fangen im Kommissariat um acht Uhr morgens an. Benno hat sich ausgerechnet am ersten Tag um eine Stunde verspätet. Gestern hat er mit Wanda und einigen Freunden bis in den Morgen hinein seinen 28. Geburtstag gefeiert. Natürlich möchte er trotz seiner Unpünktlichkeit einen möglichst guten Eindruck bei den Kollegen machen. Er observiert deshalb, bevor er sich bei den Kollegen sehen lässt, eine halbe Stunde den Parkplatz vor dem Kommissariat. Wenn jemand einfährt, wirbelt Staub auf, denn der Parkplatz ist ungepflastert. Vier Fahrzeuge waren schon abgestellt, als Benno eintraf, vier weitere sind hinzugekommen, und vor etwa zehn Minuten parkte der letzte Wagen ein.

Nachdem auf dem Parkplatz alles verdächtig ruhig bleibt, begibt sich Benno über die alte, knarrende Holztreppe zum Kommissariat im dritten Stock hinauf und berichte dem Kommissar seine Beobachtungen. Der Kommissar sagt: „In Ordnung." Benno verrät ihm jedoch nicht, dass der Wagen der Staatsanwältin neben seinem Wagen steht und was er von ihr erfahren hat, nämlich dass der Verbrecher Simon exportiert werden soll.

Benno kennt Simon schon aus seiner Schulzeit, hat vor etwa zehn Jahren einen Sommer mit ihm in Speichern verbracht und Dostojewski gelesen. Ein Fahndungsplakat mit Simons Foto hängt über dem Schreibtisch des Kommissars. Benno ist mit dem Fachjargon der Kriminaler leider nicht vertraut. Er will sich wegen seiner Unkenntnis nicht blamieren, hat sich also vorhin bei der Staatsanwältin nicht erkundigt, was „exportieren" in der Kriminalistik bedeutet; den Kommissar danach zu fragen, das wäre ihm erst recht peinlich.

Benno kennt seine neuen Kollegen bereits. Schon vor einer Woche war er die drei Treppen raufgestiegen. Der Kommissar bat ihn in sein Zimmer, von da aus sieht man durch die schmutzige Fensterscheibe auf den Parkplatz hinunter. Benno unterhielt sich mit dem Kommissar über seine künftigen Aufgaben, wobei er sich sofort gut mit dem Kommissar verstand. Er bot Benno an, ihn Gustl zu nennen. Ein behäbiger Mann, der, obwohl er Benno um einen halben Kopf überragt, fast hinter den Akten auf seinem Schreibtisch verschwindet.

Der Kommissar führte Benno durch die drei Räume des Kommissariats. Sie waren für Bennos Geschmack zu nüchtern eingerichtet, alte Rollladenbüroschränke, schäbige Schreibtische, klapprige Schreibmaschinen, die ein Privatmensch längst ausrangiert hätte. Wenigstens hätten die vom Tabakqualm angegilbten Wände neu gestrichen gehört. Als Benno sich verabschiedete, kündigte der Kommissar an, Benno habe Glück, gleich an seinem ersten Arbeitstag würde er bei einer Verhaftung dabei sein.

Der Kommissar will für die geplante Verhaftung zwei Polizisten hinzuziehen. „Rufen Sie doch sicherheitshalber vorher bei der Staatsanwältin an", schlägt Benno vor. Der Kommissar meint ein wenig verwundert „Na gut" und ruft an. Die Staatsanwältin verlangt, man solle nichts unternehmen, da der Simon exportiert würde. „In Ordnung", sagt der Kommissar. Und zu Benno gewandt, meint er: „Dann geht er uns durch die Lappen." Dabei wohnt der Simon direkt gegenüber, in einem Wohnblock auf der anderen Straßenseite. Nichts rührt sich dort, der ganze Straßenzug wirkt wie ausgestorben. Höchst verdächtig, findet der Kommissar.

Man sollte es sich wohnlicher machen, schlägt Benno vor. Der Kommissar findet, das sei eine gute Idee. Also stellen sie alle zusammen die Büromöbel um und dekorieren die Wände mit Kunstdrucken expressionistischer Malerei. Der Kater Leo des Kollegen Satori verkriecht sich vor Benno unter dem Schreibtisch des Kommissars.

Benno findet, solange man die Gauner exportiert, statt sie zu verhaften, wird er sich hier wohl fühlen. Und der Kater wird sich im Lauf der Zeit auch an ihn gewöhnen. Als Simon nach ein paar Wochen wieder im Lande auftaucht und Benno sich bei seiner Ergreifung beteiligen soll, kündigt er, greift sich den Kater Leo des Kollegen Satori, sowohl der Kollege als auch der Kater sind damit einverstanden, und Benno fährt mit Wanda in die Ferien nach Tirol.

Das unheimliche Dorf

Benno hat sich mit Wanda und dem Kater Leo für zwei Wochen in einem ländlichen Gasthaus in der Nähe eines breiten Flusses einquartiert. Von seinem Fenster aus kann er auf das weit entfernte andere Ufer blicken. Sind da drüben nicht Häuser hinter der Uferböschung? Er erkundigt sich bei den Wirtsleuten, ob es auf der anderen Flussseite eine Ansiedlung gebe, wie der Ort heiße und wer dort wohne. Den Wirtsleuten ist diese Frage sichtlich unangenehm, und ihnen ist lediglich zu entlocken, sie würden das dort drüben „das Dorf" nennen. Dieses geheimnisvolle Gehabe erweckt Bennos Neugier, und er hört sich in der Gaststube bei den Einheimischen um. Manche reden einfach mit ihrem Nachbarn weiter, wenn er sie anspricht, und tun so, als haben sie ihn nicht gehört, andere speisen ihn mit den Worten ab, er solle die Finger von Dingen lassen, die ihn nichts angingen, er würde sie sich bloß daran verbrennen. Sobald er sich aber von ihnen entfernt, tuscheln die Leute über das „Dorf", und er glaubt abfällige Bemerkungen herauszuhören. Da seine Neugier auf diese Weise zunimmt, beschließt er, sich auf eigene Faust ein Bild von dem „Dorf" zu machen. Er nimmt den Kater Leo unter den Arm, steigt in einen Kahn und setzt über.

Die Uferböschung erweist sich als Ausläufer einer Parklandschaft. Und die Häuser, die er von seinem

Fenster aus gesehen hat, sind Villen, Herrenhäuser inmitten ausgedehnter, gepflegter Gärten. Nichts sieht hier nach Dorf aus. Benno wundert sich, wieso man ihm gegenüber von einem „Dorf" spricht. Vielleicht steckt Neid dahinter, vielleicht sind sie nie auf dieser Flussseite gewesen, haben dieses „Dorf" selber nie betreten und sich irgendwelche schlimmen Vorstellungen zurechtgelegt; ihre feindselige Haltung beruht also womöglich auf einem Missverständnis.

Mit dem Kater an der Leine flaniert Benno durch die stillen Straßen, vorbei an geschmiedeten Toren, vorbei an den weit hinten liegenden vornehmen Villen. Was mögen das für Menschen sein, die in diesen Häusern wohnen: Gelehrte? Künstler? Dichter?, die den Tag in ihren Ateliers und Studierzimmern verbringen, sich abends zusammensetzen und nächtelang philosophieren, vornehme Geister, zu deren Lebensart es gehört, sich nicht auf der Straße zu zeigen.

Als Benno nach einer Stunde niemand zu Gesicht bekommt und eben in eine schattige Buchenallee einbiegt, bleibt der Kater Leo plötzlich wie angewurzelt stehen und katzbuckelt.

Ein Stück weiter vorn liegt quer über die Straße ein entfernter Vetter des Katers, ein ausgewachsener Löwe, ein mächtiges Tier, das ihnen den Weg versperrt. Benno ist sich nicht schlüssig, ob es vernünftiger sei umzukehren oder ob der Leu eingeschlafen sei und sie unbehelligt über ihn hinwegsteigen könnten. Doch da nimmt ihnen der Löwe die Entscheidung ab, er erhebt sich, reckt sich und trottet gemächlich davon, als wolle er einer Begegnung aus dem Wege gehen. Bevor er mit der Schulter eines dieser schmiedeeisernen Gartentore aufstößt, verharrt er und schaut sich nach Benno und seinem Kater um.

Sie haben sich dem Löwen inzwischen auf zehn Schritte genähert und können sein Gesicht erkennen; es ist das bildschöne Gesicht einer Frau, lange seidige Wimpern, sanfte Züge, große bernsteinfarbene Augen. Und dann entzieht sich dieses Fabelwesen ihren Blicken hinter der dichten Buchenhecke und gibt Benno zu denken: Vielleicht wissen die Ortsansässigen drüben doch mehr über das „Dorf", als es den Anschein hat?

Sicherlich aber gibt es für das sphinxhafte Fabelwesen eine natürliche Erklärung. Mit diesem Gedanken im Hinterkopf fühlt sich Benno gewappnet, mag da kommen, was wolle, von solchen Zaubertricks lässt er sich nicht kopfscheu machen; er führt mit seinem Kater die Ortsbesichtigung fort und sie gelangen in ein helles lichtdurchflutetes Viertel. Blühende Magnolienbäume, gepflegte Rasenflächen.

Während Benno gerade eine der schlossartigen ockerfarbenen Villen bewundert, hört er schnelles Staccato wie von Stöckelschuhen. Wer kommt denn da die Straße herunter, das ist keine daherstöckelnde Dame, das ist ein Pferd, ein Fohlen. Es setzt balletteusengleich einen Fuß vor den andern. Ein so seltsames, graziöses Fohlen ist Benno noch nie untergekommen.

Auch sein Kater kann die Augen nicht von diesem Anblick lösen. Ein junger, gut gekleideter Mann, der das Fohlen begleitet, sucht es allem Anschein nach von irgend etwas zu überzeugen. Als es die Mähne zurückwirft, sieht Benno, dass, wie der Löwe vorhin, auch das Pferd einen Frauenkopf, ein edles schöngeschnittenes Gesicht, langes dunkelblondes Haar hat.

Benno mutmaßt, dass die feinen Damen dieses „Dorfes" wohl einer Modetorheit erlegen sein müssen, die sie dazu zwingt auf allen Vieren einherzugehen, was ihnen – so verwunderlich es anmutet – auf anmutigste Weise gelingt. Er begutachtet daraufhin die hinteren Läufe und muss seine Vermutung verwerfen. Die Fesseln sind für eine Frau zu schmal, zu sehnig. Also handelt es sich doch um ein Zwitterwesen, halb Fohlen, halb Frau. Gibt es denn hier im Dorf Zentauren, die sind doch bekanntermaßen schon seit der Antike ausgestorben.

Die „Fohlenperson" ergreift nun ebenfalls das Wort. Was mögen sie wohl miteinander bereden? Vielleicht geht es um schulische Themen, um Zeugnisse, vielleicht auch um Sport oder Spiel, vielleicht gar um Pferderennen. Benno gäbe viel darum, es mithören zu können. Die beiden sind so sehr in ihr Gespräch vertieft, dass sie Benno und den Kater offensichtlich nicht bemerken. Womöglich hätte Benno ein paar Worte aufgeschnappt, wären sie näher an den beiden vorbeigegangen. Aber sie bleiben vor einer Gartentür stehen, die sich selbsttätig vor ihnen öffnet – werden sie erwartet? – und schlendern durch die Parkanlage auf die Villa zu.

Benno geht mit seinem Kater die Straßen des „Dorfs" ab, er hofft jemandem zu begegnen, der sich hier auskennt und ihm mit einer vernünftigen Erklärung für diese Fabelwesen dienen kann. Sie sehen aber niemanden, auch kein Fabel- oder sonst irgendein Lebewesen und orientieren sich schließlich an einem Wegweiser mit der Aufschrift „Zum Industriepark".

Eine triste Gegend, in die sie nun gelangen: graue Fassaden, Fabrikanlagen und Lagerhäuser, die Straßen ausgestorben, menschenleer wie im „Dorf". Vielleicht hat man die Produktion eingestellt und die Menschen sind weggezogen. Aber womöglich würden sie doch jemand antreffen, irgend jemand, der, wie in einer aufgegebenen Goldgräbersiedlung, eisern die Stellung hält.

Vielleicht brauchen sie aber gar nicht lange zu suchen; denn sie stehen direkt vor einem Schild mit einem angehefteten Blatt Papier. Darauf hat jemand – offenbar erst vor kurzem – die Worte geschrieben: „Hier werden Sie bedient." Das Grundstück hinter dem Schild ähnelt einem leeren Parkplatz ohne Parkwächter. Wer soll einen denn da bedienen. Benno geht das Grundstück ab und ruft: „Ist hier jemand, haben Sie zufällig Handschuhe."

Keine Antwort, geisterhafte Stille. Benno findet auch nichts anderes auf dem Grundstück, was er erwerben könnte. Trotzdem hat er so ein Gefühl, als sei er von dienstbaren Geistern umgeben.

Kopfschüttelnd holt Benno seinen Kater bei dem Schild ab, an dem er ihn zurückgelassen hatte, und greift nach der um den Pfosten gewundenen Leine. Dabei stellt er sich so ungeschickt an, dass ihm die Leine entgleitet. Wie ist er denn bloß zu diesen Asbesthandschuhen gekommen, die er jetzt anhat. Er wurde also doch bedient und man gibt ihm zugleich zu verstehen, er könne sich die Finger kinderleicht verbrennen und verpasst ihm gleich mal Asbesthandschuhe. Und er erinnert sich an die Unkenrufe: Er solle die Finger von Dingen lassen, die ihn nichts angingen, er würde sie sich bloß daran verbrennen.

Der Kater will nicht mehr an der Leine geführt werden. Obwohl Benno seine Schritte verlangsamt, bleibt er zurück. Benno wartet, bis der Kater ihn wieder eingeholt hat und nimmt ihn auf den Arm, was der sich gern gefallen lässt und dies schnurrend kundtut. Es heißt ohnehin aufpassen; mit der Stille ist es jetzt vorbei. Sie überqueren eine dichtbefahrene Autobahn; die Leute in den Autos erscheinen Benno ebenso geisterhaft unerreichbar wie die Bewohner der Villen im Dorf. Auf der andern Seite der Straße erstreckt sich die Natur mit ausgedehnten Wiesen und Feldern. Endlich finden sie zum Flussufer, dort liegt ihr Boot und sie treffen gegen Abend im Gasthaus ein.

Benno bittet den Wirt um einige Blatt Schreibpapier und notiert stichwortartig, was er und sein Kater heute erlebt haben. Danach setzt er sich auf einen Hocker an die Theke und reicht dem Wirt seine Aufzeichnung. Er will endlich herausbekommen, was die Leute über das „Dorf" wissen. Und er ist nun gespannt, ob sich der Wirt zu seinen Notizen äußern wird. Kaum hat der das Geschriebene überflogen, regt er sich auf: Benno solle sich lieber keine solchen unheimlichen Sachen ausdenken, die er gar nicht erlebt habe. Diese Vorwürfe treffen Benno empfindlich, zudem fängt der Wirt gar an, den wenigen Gästen Bennos Aufzeichnung vorzulesen. Es werden teils kritische, teils höhnische Bemerkungen laut. Eine unerträgliche Situation für Benno. Unterdessen sind zwei Busse eingetroffen und der Wirt ist zum Glück anderweitig beansprucht.

In das linke Gastzimmer strömt eine Jazzgruppe mit ihren Fans, im rechten Gastzimmer versammelt sich ein bayrischer Trachtenverein. Nach einiger Zeit beginnen beide Gruppen Musik zu machen, links Jazz, rechts Volksmusik. Benno muss sich zwischen Band hier, Kapelle dort entscheiden, seine Ohren ertragen das Durcheinander nicht länger. Da er kein Freund bayrischer Folklore ist, würde er sich gern zu den Jazzanhängern setzen. Doch die verfügen: Preuße zu Preuße, Bayer zu Bayer.

Bloß weg hier! Im Dorf drüben wären Wanda, er und der Kater unter ihresgleichen. Benno will Wanda dafür gewinnen, noch heute Abend die Sachen zu packen.

Der Guru

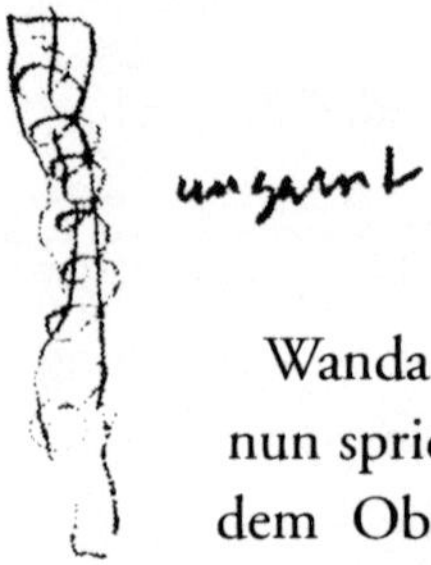

Benno ist beunruhigt, Wanda neigte bisher nie zu Personenkult und nun spricht sie mit höchster Ehrerbietung von dem Oberhaupt einer Sekte. Sie nennt ihn ihren Meister, wobei ihre Augen aufleuchten, als sei sie verliebt. Dabei kennt sie ihn nicht persönlich. Seit geraumer Zeit studiert sie zusammen mit einer Freundin die Lehrunterlagen der Sekte.

Benno selber hat sich nie mit Esoterikern eingelassen oder gar zu selbsternannten Gurus aufgeschaut. Allerdings wüsste er schon gern, was Wanda und ihre Freundin Isolde bei ihren geheimen Übungen so treiben. Wanda macht dann jedes Mal auf ihn den Eindruck, als sei ihr das tollste erotische Erlebnis widerfahren, das man sich überhaupt nur vorstellen kann. Sie spricht freilich nicht darüber; sie gestand ihm lediglich einmal, es gäbe bei diesen mystischen Erfahrungen auch eine dunkle Seite, aber die hätten sie und ihre Freundin gemieden. Näher hat sie sich darüber nicht ausgelassen.

Natürlich hat Benno keinen Grund zur Eifersucht, da bei den Exerzitien drunten im Bastelraum außer Wanda und ihrer Freundin niemand anwesend ist, und schon gar nicht der Guru – wie denn auch. Trotzdem hätte er ihn gern zur Rede gestellt.

Als die beiden sich gerade in der Küche auf ihre nächste Sitzung vorbereiten und irgend so einen Zaubertrank brauen, sitzt Benno an seinem

Schreibtisch und schaut verbiestert an die Wand. Mit einem Mal sieht er dort ein Gesicht, als hinge da ein Porträt des Guru. Er erkennt ihn, da Wanda ihm ein Foto aus ihren Lehrunterlagen gezeigt hat, eine ernste, würdevolle Persönlichkeit, das muss Benno wider Willen zugeben. Unwillkürlich redet er ihn an: „Ich muss unbedingt wegen Wanda mit Ihnen sprechen." Kaum hat er das gesagt, steht der Guru leibhaftig vor ihm. Zuerst ist Benno verdattert, fasst sich aber schnell und hebt an: „Was seid Ihr bloß für obskure Leute, was habt Ihr mit Wanda angestellt. Sie ist nicht mehr sie selbst, seit sie euch und eurer Sekte anhängt."

In diesem Ton fährt Benno fort. Der Meister hört sich diese Beschwerden gelassen an. Als Benno nichts mehr einfällt, was er noch vorbringen könnte, meint der Guru: „Wieso hast du mich gerufen, obgleich du keine Ahnung von unserer Lehre und unserer Gemeinschaft hast. Du kennst ja nicht mal einen einzigen der Gesänge, die bei der Begrüßung eines Meisters anzustimmen sind."

Wanda hat in der Küche mitbekommen, dass Benno sich aufregt. Sie kommt herein, erblickt den Meister, weiß sich zu benehmen und singt den Begrüßungsgesang. Hernach sitzt sie mit ihm und ihrer Freundin zusammen in der Küche, sie lachen und scherzen und brauen gemeinsam den Zaubertrank. Benno kommt sich unterdessen überflüssig vor, unbedarft und links liegen gelassen.

Möglicherweise findet der Meister, er müsse sich um Benno kümmern, da er sich aus der Küche zu

Benno begibt und ihm vorschlägt, wenn er sich beeile, könne er in der Lindwurmstraße noch in einen Kurs für Anfänger einsteigen.

Als Benno dort eintrifft, hat der Kurs schon angefangen. In einem Turnsaal machen etwa zwanzig junge Leute rhythmische gymnastische Übungen nach den Anweisungen eines Vorturners. Der Vorturner nimmt ihn in Augenschein. Bei denen könne er noch nicht mitmachen, stellt er fest. Zuerst müsse er drei Wochen täglich drei Stunden für sich alleine trainieren. Er führt Benno zu einem Trainingsgerät für Bodybuilding. Dort zieht Benno ständig mit den Händen zwei Halter heran, die dann sofort wieder zurückschnellen. Was das mit der Lehre zu tun hat, begreift Benno nicht. Aber es hilft ihm, sich abzureagieren.

Esoteriker

In der kleinen Buchhandlung für esoterische Literatur stehen zwei von Bennos Gedichtbänden im Regal. Benno besucht die Buchhandlung von Zeit zu Zeit, um nachzuschauen, ob er die beiden Bücher noch vorfindet, oder ob sie – was er für unwahrscheinlich hält – verkauft wurden.

An einem Samstagnachmittag bemerkt er, dass die Ladentür offen steht, und er betritt das Geschäft. Die Buchhändlerin stellt gerade eine Okkultistin vor, die einen Vortrag über außersinnliche Wahrnehmung halten wird. Wenn Benno das gewusst hätte, wäre er nicht hinein gegangen. Benno hält nichts vom Okkultismus. Aber er möchte nicht, dass die Buchhändlerin es erfährt. So bleibt ihm nichts andres übrig als zu bleiben. Schließlich stehen seine beiden Bücher im Regal, und er hofft, sie werden doch irgendwann mal verkauft.

Er lässt den Vortrag über sich ergehen, natürlich ohne hinzuhören. Als die Okkultistin ihr Manuskript beiseite legt, atmet er erleichtert auf. Doch da wendet sie sich an die Teilnehmer mit den Worten:

„Und nun kommen wir zum praktischen Teil."

Alle acht Zuhörer gehen in den Nebenraum der Buchhandlung, setzen sich um einen runden Tisch und reichen sich die Hände, um einen geschlossenen Kreis zu bilden. Benno macht gute Miene zum „bösen Spiel" und reiht sich ein. An der Wand hinter der Okkultistin hängt ein Goetheportrait.

„Wir werden jetzt einen Geist herbeizitieren", verspricht die Okkultistin, „gelegentlich kommt sogar Goethe, wenn er Lust dazu hat."

Benno muss sich zusammennehmen, um nicht aufzuspringen. Etwa zehn Minuten verstreichen, nichts geschieht. Die Okkultistin schaut in die Runde und dann in Bennos Richtung, der ihr gegenüber sitzt. Ihr Blick wird giftig. Sie beugt sich vor und spricht Benno direkt an: „Sie müssen raus hier, Sie sind ein Störfaktor."

Einerseits ist Benno froh darüber, auf diese Weise zu entkommen, andererseits ist es ihm vor der Buchhändlerin unangenehm. Er befürchtet, sie wird ihm seine Bändchen zurückgeben. Ohnehin wundert er sich darüber, dass sie es nicht längst getan hat, da er sich in seinen Versen über die magischen Künste, wie Geisterbeschwörung, Hexerei und sonstigen Hokuspokus, lustig macht. Anscheinend hat sie die Bücher nicht einmal durchgeblättert, andernfalls wäre es ihr aufgefallen. Als er sich im Laden umschaut, fällt ihm auf, dass seine Bücher nicht mehr im Regal stehen. Sie liegen auch sonst nirgendwo herum. Also wurden sie verkauft. Die Buchhändlerin braucht Nachschub. Er beschließt zwanzig Minuten zu warten, bis der Spuk im Nebenraum hoffentlich vorbei ist. Benno ist ein großer Bücherliebhaber, aber kein Bibliomane, der auf seinen Büchern sitzt wie auf einem Hort. Ihm liegt daran, seine Schätze mit anderen zu teilen. Plötzlich hört er ein Geräusch, als ob unter seinen Füßen der Boden wegbricht. Er späht vorsichtig nach unten und blickt in einen Krater. In der Tiefe dieses Abgrunds lodern Flammen, die fast bis zu ihm herauf flackern. Ein Schreck durchfährt ihn, wie unangenehm. Die Buchhändlerin wird denken, er sei des Teufels, ausgerechnet jetzt, da die beiden Bücher verkauft sind.

Kriegsgeneration

Der Vorsitzende hält eine kurze Begrüßungsrede:

„Willkommen in unseren Reihen, Kamerad. Du erfüllst die Voraussetzungen für die Mitgliedschaft, hast die Vierzig überschritten und gehörst damit automatisch zur Kriegsgeneration. Wir brauchen dringend Ersatz für Ausfälle und sind dankbar um jeden, der sich uns anschließt."

Bei der Eingangstür sitzt die Kassiererin an einem Tischchen, vor sich die Kasse und die Mitgliederliste. Sie übergibt Benno die Quittung für den Jahresbeitrag. Neben seinem Namen steht auf der Mitgliederliste als Berufsbezeichnung „Botschafter". Die Kassiererin sieht Benno seine Verwunderung an. Sie kommentiert: „Botschafter, das ist typisch für unsere Schriftführerin. Sie hat eine Vorliebe für hochtrabende Titulierungen."

Neugierig wäre Benno schon, welches Land er als Botschafter vertreten soll und wie die Botschaft lautet. Vielleicht erfährt er das beim nächsten Treffen. Wanda ist ein paar Monate vor ihm eingetreten. Sie wird als Hofschauspielerin geführt. Das lässt Benno eher gelten, grundfalsch ist das ja nicht. Die Kassiererin übergibt Wanda und Benno eine Einladung zum Jahrestreffen für den nächsten Monat. Sie sagen zu.

So wie er die Kameraden und Kameradinnen einschätzt, werden sie ihn künftig mit „Herr Botschafter" ansprechen. Halb aus Spaß, halb im Ernst. Sie schlagen ja vierzig Jahre nach dem Krieg noch die Hacken vor einem früheren Leutnant oder gar Oberleutnant zusammen.

Zum Jahrestreffen fährt morgens gegen neun Uhr ein Bus bei Benno vor. Am Steuer sitzt, woran er nicht im Traum gedacht hätte, sein Vater. Er gehört sogar zu zwei Kriegsgenerationen. Obwohl sein Vater vor dreißig Jahren gestorben ist, ist er natürlich in Bennos Erinnerung lebendig, es wundert Benno deshalb nicht, dass der Vater am Steuer sitzt und die Kriegsgeneration einsammelt. Er sieht gealtert aus. Das liegt sicher daran, dass er viel zu jung gestorben ist, und nun wohl die Strecke, die ihm zu Lebzeiten nicht gegönnt war, zu Ende gehen beziehungsweise mit dem Bus fahren muss. Benno will ihn bitten, die Mutter von ihm zu grüßen.

Es ist herrliches Ausflugwetter. Die Fahrt geht ins Gebirge. Sie halten bei der schön gelegenen Gaststätte „Sonnenblick" an. Der würzige Duft von Gegrilltem weht ihnen entgegen. Im Garten der Gaststätte ist für das Fest schon alles vorbereitet. Blauweiß gedeckte Tische und Büffets mit „Schmankerln".

Es geht hoch her. Die Kameradinnen und Kameraden trinken Bier. Wanda bevorzugt, passend für eine Hofschauspielerin, Liköre, und Benno hält sich an hochgeistige Getränke. Als Botschafter muss man trinkfest sein. Er hat eine rote Schärpe angelegt und man respektiert ihn. Aber er fühlt sich nicht als Kamerad unter Kameraden, sondern – wie es einem Botschafter ansteht – als Fremder unter Fremden.

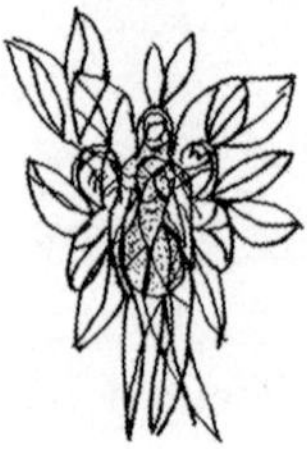

Begabung

Einmal in der Woche wird Benno von seinem Freund Simon besucht. Sie diskutieren dann den ganzen Nachmittag heftig über Literatur und Philosophie. Simon hat allerdings einen Fehler. Jedes Mal nach dem Treffen fehlen aus Bennos Bibliothek einige Bücher, und meist solche, an denen Benno besonders liegt, oftmals Erstausgaben, die nicht einmal in Antiquariaten mehr angeboten werden. Benno beschließt eines Tages: Damit ist jetzt Schluss, und er stellt selber einen Stapel zusammen. Simon soll sich davon nach Belieben bedienen.

Bennos Bücherbestand ist vorgestern um etliche Meter angewachsen, vor allem um Romane. Eine Freundin seines Bruders hat ihm ihre Bibliothek überlassen – meistenteils wertlose Allerweltsromane –, sie will nach Amerika auswandern. Außerdem vermachte sie ihm einen Affen, ein Kapuzineräffchen, soweit Benno das beurteilen kann, denn er hat von Affen und deren Haltung keine Ahnung. Der Affe hockt apathisch in einem kleinen Käfig auf dem Stapel mit den ausrangierten Büchern, starrt die ganze Zeit über reglos vor sich hin und verzieht auf Bennos aufmunternde Worte hin keine Miene.

Benno ist wirklich ein wenig verärgert und fährt den Affen an: „Was soll ich mit dir dummem Kerl.“ Aber auch das hat keine Wirkung. Andererseits kann Benno den Gemütszustand des Affen nachempfinden.

Ein Affe auf einem Bücherstapel befindet sich nicht in seinem natürlichen Umfeld. Was sollen ihm die vielen Bücher, da er doch nicht lesen kann. Umgekehrt ginge es Benno wohl ähnlich, wäre er im Urwald ohne Bücher ausgesetzt.

Eine Möglichkeit gäbe es allerdings noch. Aber vor der schreckt er zurück. Die Vorstellung den Affen rauszulassen erzeugt ihm Heidenangst. Der Affe würde sich sicher über die Bücher hermachen und sie zerfetzen. Simon besucht Benno beim nächsten Mal ausnahmsweise zusammen mit seiner Frau. Wie gewohnt stürzt er sich zuerst auf Bennos Bücherregale und inspiziert sie auf Neuzugänge, den Stapel mit den Romanen würdigt er allerdings keines Blickes. Und schon legt er sich einen Bildband über die französischen Impressionisten beiseite.

„Nein“, protestiert Benno, „Kunstbücher gebe ich keine her.“ Schon bei der Vorstellung, Simon könne den Band trotzdem mitnehmen, spürt Benno einen tiefen Schmerz in sich. Enttäuscht legt Simon den Band beiseite.

Simons Frau redet derweil in der Babysprache auf den Affen ein. Sie hat ihn allem Anschein nach gleich in ihr Herz geschlossen. Der Affe fühlt sich zuerst nicht angesprochen. Zu Benno gewandt, meint sie, der Affe brauche Zuwendung, die er von Benno offenbar nicht erhalte, und sicher habe er nichts dagegen, wenn sie ihn mitnehme. Sie öffnet den Käfig, und der Affe springt sogleich auf ihren Arm. Unter einigem gespieltem Zögern überlässt ihn Benno ihr. Ihn Wahrheit ist er froh darüber ihn loszuwerden. Simon trägt seiner Frau den Käfig hinterher. Und Benno kann zum Glück seinen Kunstband behalten.

Drei Monate später laden sie Benno ein. Es muss einen Grund geben. Er war noch nie bei Simon eingeladen. Benno war auch nie darauf aus. Er hätte es nicht ertragen, seinen liebsten Büchern wieder in einem fremden Bücherschrank zu begegnen. Die Neugierde auf das Schicksal des Affen veranlasst ihn jedoch dazu hinzugehen. Simon wohnt mit seiner Frau in einem Mietshaus ohne Lift im vierten Stock.

Der Affe begrüßt Benno von der Vorhangstange runter mit Kusshand. Es kommt Benno so vor, als gratuliere er ihm zu seinen sympathischen, liebenswürdigen Freunden, bei denen sich ein Affe ausgesprochen wohl fühlen könne. Er sei Benno dankbar, dass er sie durch ihn kennen gelernt habe und bei ihnen wohnen dürfe. Er macht einen lebhaften und aufgeweckten Eindruck. „Der ist ja nicht wiederzuerkennen", sagt Benno zu Simons Frau. Sie bittet ihn daraufhin ihr zu folgen. Der Affe springt ihnen hinterher und eilt vorneweg ins Nebenzimmer. Dort setzt er sich ans Klavier. Frauchen macht den Klavierdeckel auf. Benno vermutet schon, sie hat wohl wieder mit Klavierspielen angefangen, nachdem sie – wie sie behauptet – fünf Jahre ausgesetzt hat. Aber nein. Der Affe greift in die Tasten und spielt Chopin. Und zwar mit den Füßen. Frauchen versichert: Er kann auch vierhändig. „Mach doch mal."

Und dann spielt der Affe mit allen Vieren Bach.

Fresken

Bei kulturellen Ereignissen gehören Wanda und Benno meistens zu den Gästen. Man lädt sie schon deswegen ein, da man bei ihnen sicher ist, dass sie selbst für sie uninteressante Veranstaltungen besuchen. Am zweiten April stellt das hiesige Kloster der Öffentlichkeit im Refektorium freigelegte Fresken vor.

Durch eine kuriose Leidenschaft, die Benno in heiligen Räumen überkommt, hat er sich mehrmals schon mit Mönchen angelegt und rechnet deshalb ausnahmsweise nicht mit einer Einladung. Anscheinend hat sich aber sein „Laster“ nicht bis in dieses Kloster herumgesprochen.

Ausgerechnet dieser Termin überschneidet sich mit einer Geburtstagsfeier bei Wortrubas. Wie immer erwarten Wortrubas auch diesmal von Benno und Wanda einen literarisch-kabarettistischen Auftritt. Sie haben sogar schon einen Beitrag unter dem Titel „Die Zeusbande“ vorbereitet. Zufällig hört Wanda, es gäbe eine Woche vor der offiziellen Vernissage eine vorgezogene im kleinen, internen Kreis. Wenig Publikum ist Wanda ohnehin angenehmer und so beschließen sie, diesen Termin wahrzunehmen.

Die Pforte ist unbesetzt, Benno und Wanda orientieren sich an den Hinweisschildern und gelangen ungehindert zum Refektorium. Mönche und Nonnen stehen in Gruppen vor den Fresken. Auch ein Kardinal ist anwesend. Niemand beachtet Benno und Wanda. Die Gelegenheit ist günstig, überlegt Benno. Wenn nicht jetzt, wann denn sollte er seiner geheimen Leidenschaft frönen. Der Kardinal wird es ihm nicht verübeln. Sein Stand als Oberhirt verpflichtet ihn sicherlich zu einer gewissen Toleranz.

Benno zeigt auf die Fresken und spricht den Kardinal an: „Man fühlt sich leibhaftig in diese Welt voller Wunder hineinversetzt?"

Bevor dieser antworten kann, fasst Benno ihn um die Hüften, steigt zwei imaginäre Stufen hinauf und zieht ihn mit hoch. Bisher hatten es ihm die Geistlichen verübelt, wenn er ihr Niveau anheben wollte. Bei einem Kardinal rechnet er jedoch mit Verständnis. Das Gesicht des Kardinals, eben noch wächsern bleich, erglänzt kardinalrot. Wanda packt Benno erschrocken am Ärmel, und sie verlassen überstürzt den Saal.

An der Pforte holt sie ein Geistlicher ein, der ihnen unbemerkt gefolgt ist. Er stellt sich als Pfarrer Lochner vor. Er habe, so sagt er, von Wandas und Bennos mythologischen Vorlesungen gehört und er möchte sie gerne zur Pfingstfeier in seiner Kirche einladen. Benno und Wanda versprechen zu kommen.

Zum abgemachten Termin fahren sie mit der Bahn zu der abgelegenen Landgemeinde des Priesters hinter Dachau. Dort erkundigen sie sich bei mehreren Passanten nach Pfarrer Lochner. Sie erhalten ausweichende Antworten. Es ist nicht klar, will oder kann man ihnen keine Auskunft geben? Wanda entnimmt den Gesichtern der Angesprochenen, dass der Pfarrer ihnen irgendwie unheimlich ist. Lediglich ein kleines Mädchen zeigt mit ausgestrecktem Arm in Richtung Ortsende. Sie durchqueren den Ort, ohne allerdings eine Kirche oder einen Hinweis auf die Wohnung des Pfarrers zu entdecken.

Gleich hinter dem Ort dringen sie auf schmalen Pfaden ins Moor vor. Sie stapfen mal diesen und mal jenen schmalen Pfad entlang, kehren wieder um und verlieren gänzlich die Orientierung. Endlich treffen sie einen alten Moorbauern beim Moorstechen an, der ihnen den Weg zu einem einsamen Gehöft weist.

Ein rothaariger, stämmiger Mann von etwa Mitte Zwanzig mit unruhiger rotfleckiger Gesichtsfarbe öffnet die Tür des Gehöfts und lässt sie – wenn auch mürrisch und widerwillig – eintreten.

Aus der Stube dringt Stimmgewirr. Ein Dutzend Personen, offenbar Bauern aus der Gegend, reden durcheinander. Es fällt mehrmals der Name Lochner, und die Leute scheinen ungehalten. Keiner kümmert sich um Benno und Wanda, vergeblich versuchen sie, sich bemerkbar zu machen. Es bleibt ihnen nichts anderes übrig als unverrichteter Dinge abzuziehen. Sie schauen sich nach allen Seiten um und erblicken den Rothaarigen, der ihnen heimlich hinterher gegangen ist, also sicherlich ohne Wissen der Versammlung. Er fordert sie auf, ihm zu folgen, und schreitet zügig voran, Wanda und Benno halten kaum mit ihm Schritt. Als er ihnen etwa zwanzig Schritte voraus ist, verschwindet er plötzlich gänzlich ihrem Blickfeld wie vom Moor verschluckt.

Dafür kreist eine Taube mehrmals um ihre Köpfe, als habe der Rothaarige sich im Röhricht in die Taube verwandelt. Das seltsame Gebaren der Taube scheint zu bedeuten: „Ich fliege euch voran!“. „Noch ärger verirren können wir uns sowieso nicht“, meint Benno, und sie folgen der Taube. Nach etwa einer Stunde nähern sie sich einem verfallenen Gemäuer. Die Taube schwenkt nach rechts und verlässt sie. „In dieser Einöde treffen wir sicher nicht auf den Pfarrer Lochner“, vermutet Wanda.

Kaum hat sie das gesagt, steht er vor ihnen. Er führt sie durch eine schmale, eiserne, von Schlehengebüsch verdeckte Pforte, und sie sehen vor sich einen mehrgliedrigen Gebäudetrakt, offensichtlich ein Kloster, Chorgesang dringt heraus. Pfarrer Lochner bittet Benno und Wanda, sie sollten nun vor den Mönchen ihren mythologischen Vortrag halten. Aber das passt doch nicht zu Pfingsten, wendet Benno ein. Lochner lässt sich nicht umstimmen. Er schreitet voraus.

Bei Wortrubas

In der Presse waren nach dem Ende der Diktatur Artikel erschienen, die den alten Schorsch verleumdeten, worauf er seine Fabrik verkaufte und sich ins Privatleben zurückzog. So wenigstens stellte er es Wanda und Benno gegenüber dar. In diesen letzten zehn Jahren seines Lebens wollte er niemanden sehen und tat kaum einen Fuß vor seine Villa. Er war ruppig geworden. Und seine Größe von annähernd zwei Metern, sein scharfer Geist und seine klingenscharfe Zunge schüchterten ein. Lediglich Wanda und Benno bat er gelegentlich, ihn zu besuchen.

Nach dem Tod des alten Schorsch ließen sein Sohn und seine Tochter die Villa abreißen; sie musste mehreren vierstöckigen Mietshäusern weichen; an die parkähnliche Gartenanlage erinnern nur mehr vier alte Buchen.

Auf dem verbliebenen Platz unter diesen Buchen feiert die Jugend. Die Zeiten des Großbürgertums sind zwar längst vorbei, aber die Enkel des Alten greifen mit ihren Festen eine Tradition wieder auf, die bis in die Zwanziger Jahre des letzten Jahrhunderts zurückreicht. Und auch ihre Gäste decken sowohl durch ihr Aussehen wie durch ihre Beiträge – wie einstmals – die gesamte Palette von Kuriosität bis Originalität ab. Anscheinend passen Benno und Wanda ganz gut ins Bild, jedenfalls sind sie regelmäßig eingeladen.

An einem lauen Augustabend versammeln sich etwa hundert Gäste zu einem zwanglosen Treffen, also ohne die sonst üblichen musikalischen und kabarettistischen Einlagen. Dann aber stellt Cornelia doch einen Überraschungsgast vor. Fast hätten es die Gäste überhört, als Schorschs Enkelin ihn ankündigt und dabei nach oben deutet: „Simon Kupfer zeigt uns jetzt seine neuesten magischen Zaubereien."

Ein junger Rabbi gondelt ohne Seil oder sonstige Hilfsmittel in der Luft zwischen den Buchenkronen herum. Nachdem die etwa vierzig Gäste ihn mit „Ahh" und „Oh" gehörig bestaunt haben, landet er unmittelbar neben Wandas und Bennos Tisch. Er setzt sich zu ihnen und schnipst mit den Fingern, als wolle er eine Bedienung herbeizitieren.

Schon eilt ein anderer Rabbi herbei, der ihm aufs Haar gleicht, einschließlich Bart und Schläfenlocken, und nimmt am Tisch Platz, die gleiche Prozedur wiederholt sich, bis alle Stühle besetzt sind. Die neuen Gäste ähneln dem fingerschnipsenden Rabbi ebenfalls wie aus dem Gesicht geschnitten. Entweder hat der sich also versechsfacht oder die anderen sind seine fünfeiigen Zwillingsbrüder.

Die Rabbis bleiben nicht lange. Sie verlassen den Platz in Richtung Stadtpark. Von dort taucht kurz darauf eine Schar schwarzer Kinder mit ihrer Mutter auf. Sie tollen eine Weile um die Mutter herum. Dann rennen sie unter Geschrei in eines der Mietshäuser. Erst jetzt nimmt Benno an der Hausfassade Stuckverzierungen wahr, links neben dem Tor steht eine

Frauenskulptur mit verbundenen Augen, als sei das nicht der Eingang zu einem Mietshaus, sondern zu einem Gerichtsgebäude.

Ein Rabbi tritt gemessenen Schritts aus der Tür. Benno erkennt ihn, es scheint der Rabbi von vorhin, seine Gesichtszüge wirken allerdings wie versteinert und dabei trotzdem ausgesprochen weiblich. Durch Kleidung und Gehabe gleicht er jetzt eher einer Staatsanwältin. Vielleicht ist er es doch nicht, sondern seine Schwester.

Benno bittet die Staatsanwältin an seinen und Wandas Tisch und erkundigt sich, ob sie Staatanwältin sei. „Richtig erfasst", erwidert die Staatsanwältin, außerdem sei sie Rabbi, und überdies mal Richter und mal Schöffe. Benno denkt bei sich, mit der Auskunft sei er auch nicht klüger als zuvor. Aber vielleicht, hofft er, kann er ihr das Geheimnis entlocken wie man fliegt und wie man sich in eine schwarze Mammi verwandelt.

Statt ihm diesen Gefallen zu tun, kehrt sie die Staatsanwältin heraus und herrscht Benno an, sie müsse mit ihm abrechnen, denn er habe ihr einmal böse mitgespielt. Benno weiß nichts darauf zu antworten, ist sich keiner Schuld bewusst, fürchtet jedoch, es könne vielleicht mit einem früheren Leben zu tun haben.

Sie errät anscheinend seine Gedanken und droht ihm: „Ich mache dich weiblich." Benno gibt zurück, er habe nichts dagegen, aber dann bitte gleich richtig, und nicht bloß ein bisschen Busen. Die andern Gäste haben die letzten Worte mitbekommen und fordern

„Hemd ausziehen". Widerwillig streift Benno sein Hemd ab und streicht mit der Hand über seine bloße Brust. Dabei spürt er, dass sich dort eine feste Masse gebildet hat, die zum Glück optisch nicht als Busen auffällt. Die Staatsanwältin fasst sich beunruhigt an ihren eigenen Busen und prüft, anscheinend hat sich nichts getan. Benno hätte sie gern über seine früheren Leben und seine Verfehlungen ausgefragt, sie lässt sich indes auf kein weiteres Gespräch mehr ein.

Wanda ist beeindruckt. Sie meint leise zu Benno: „Sicher weiß diese Frau mehr, als wir alle zusammen."

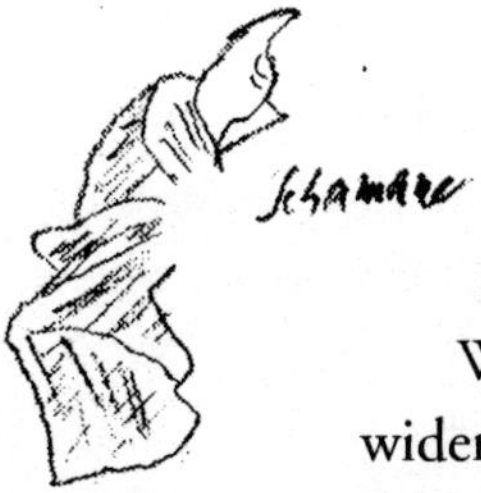

Wahrsager

So kritisch Wanda ist, Wahrsagern gegenüber kann sie nicht widerstehen, egal wie teuer sie sind. Diesmal ist es ein Ungar, den ihre Freundin ihr empfohlen hat; er sei in allen esoterischen Fächern bewandert, wie Astrologie, Hellsehen und Kartenlegen. Wanda will ihn zusammen mit ihrer Freundin Isolde konsultieren.

Die beiden Freundinnen verabreden sich mit dem Wahrsager. Treffpunkt ist ein Café im Deutschen Museum. Im letzten Moment bitten sie Benno, den Wahrsager zuerst einmal ohne sie unter die Lupe zu nehmen.

In dem Café ist kein Tisch frei. Und wo soll Benno sich denn auch dazusetzen, da er ja nicht weiß, wie der Wahrsager aussieht. Und dieser wiederum rechnet schließlich mit zwei Frauen.

Schon will Benno kehrt machen, froh darüber, seinen Auftrag los zu sein, da erhebt sich ein seriös wirkender Herr im dunklen Anzug und kommt auf ihn zu. Er habe ihn erwartet, sagt er, und führt ihn an einen Tisch. Benno versucht seine Verblüffung zu verbergen. Eine Zigarette täte jetzt gut. Dabei hat er seit drei Jahren nicht mehr geraucht. Vor dem Wahrsager liegt eine angebrochene Zigarettenschachtel. Er ermuntert Benno: „Sie hätten gern eine Zigarette, greifen Sie zu."

Noch bevor Benno fertiggeraucht hat, gleitet ein junger dunkelhaariger Mann mit neumodischen Rollschuhen – die aber irgendwie anders heißen – heran. Wanda habe ihn geschickt, und sie lasse Benno ausrichten, er möge sie gleich am Odeonsplatz abholen.

Benno überreicht dem Wahrsager das Honorar für die Sitzung. Als der Wahrsager gegangen ist, lästert der Junge mit den Rollschuhen: Von ihm hätte der keinen Heller gekriegt.

Benno gibt dem Jungen recht. Was kann er Wanda und ihrer Freundin schon berichten, außer dass der Wahrsager offenbar Gedanken lesen kann und Benno sich deswegen das Rauchen wieder angewöhnt hat.

Ein paar Tage später liest Wanda auf einem Plakat, dass ein Chiromant in einer Gaststätte den Leuten aus der Hand liest, und natürlich gehen sie hin.

Chiromant

Der Chiromant wird im Nebenzimmer der Wirtschaft „Grüner Baum“ von einem Dutzend Gästen umlagert, die ihm ihre Hände hinhalten. Benno erkennt ihn, es ist der Wahrsager aus dem Museumscafé, der schuld daran ist, dass er wieder zu rauchen angefangen hat.

Der Chiromant schaut sich die Handlinien der Leute genau an und trifft – wie es aussieht – jedes Mal mit seiner Aussage ins Schwarze. Benno ist aber mehr als skeptisch, er hält das für Aberglaube und Hokuspokus, und überdies ist er überzeugt, ihn würde der Chiromant sowieso falsch einschätzen, er hat ja leider keine solch eleganten, schmalen Hände, wie er sie an Wanda bewundert.

Vielleicht hat der Chiromant Bennos Ungläubigkeit mitbekommen. Jedenfalls steht er auf und kommt auf Benno zu. Ungefragt ergreift er Bennos Hand und äußert mehrmals geradezu euphorisch: Sie sind Künstler, Sie werden noch große Werke schaffen.

Neben Benno sitzt ein junger Mann, der daraufhin abfällig auflacht und Benno zuraunt: „Der erzählt doch jedermann solch schmeichelhafte Sachen.“ Und dann streckt er dem Chiromanten fordernd seine linke Hand hin, als wolle er sagen: Ich will nun auch mein Teil vom Kuchen.

Ohne langes Zögern sagt der Chiromant und deutet dabei auf Benno: „Wenn Sie sich an ihn halten, können Sie gar nichts falsch machen, der ist nämlich ein Künstler."

Prinz Ludwig

Der junge Mann in Knabengröße zögert. Dann tritt er in die Wirtsstube. Es sieht nicht aus, als traue er sich nicht herein, doch seine Bewegungen haben etwas Hilfloses, als habe man ihn nicht recht auf die raue Wirklichkeit vorbereitet; gleichwohl wirkt er elegant, sein Aussehen lässt auf vornehme Abstammung schließen. Auf den ersten Blick hält man ihn beinahe für ein scheues Mädchen.

Nachdem er an einem Fenstertisch Platz genommen hat, setzt sich eine ältere, schwarz gekleidete Frau zu ihm; hakennasig und mit rotem Haar ähnelt sie der Hexe aus den Märchen.

Sie holt aus ihrer Umhängetasche einen Stapel Spielkarten hervor und breitet sie auf dem Tisch aus. Außer Benno und den beiden ist niemand im Raum. Der junge Mann erzählt, er habe heute morgen eine Amsel beobachtet. Die Kartenlegerin meint daraufhin, sie habe es ja gleich gewusst, heute sei für ihn ein großer Tag, und zeigt auf die Herzköniginkarte. In dieser Art und Weise setzt sich das Gespräch fort. Benno hat solchen Humbug, den die Kartenlegerin größtenteils stotternd hervorstößt, noch nie vorher gehört. All die kuriosen Komplimente und Hirngespinste scheinen dem jungen Mann zu gefallen, ja ihn zu beglücken. Und er honoriert die Kartenlegerin für den Unsinn, den sie ihm auftischt, mit einem Bündel Geldscheine.

Was ist bloß mit dem Jungen los, fragt sich Benno. Vermutlich hat sich ihm nie die Gelegenheit geboten, erwachsen zu werden, und seine Entwicklung blieb deshalb im Kindesalter stecken. Bennos Neugier veranlasst ihn, ihm zu folgen, als er nach einer Stunde das Lokal verlässt.

Gleich in der Nähe gibt es einen Park, der für die Allgemeinheit nicht zugänglich ist. Und in diesem Park träumt ein Schloss vor sich hin, das in der Bevölkerung als verwunschen gilt; dem strebt der junge Mann zu. Benno gelingt es, sich mit der Haushälterin des jungen Mannes bekannt zu machen. Sie wohnt in einem Hexenhäuschen neben dem Schloss und sieht aus, als sei sie mindestens 100 Jahre alt. Von ihr erfährt er, dass Prinz Ludwig das Schloss ganz alleine bewohnte. Nur sie kümmere sich um ihn und dies schon seit 100 Jahren. Benno überredet sie, ihn durch das Schloss zu führen, durch hundert Räume. Die sind so kostbar, edel und stilvoll eingerichtet, wie er nie zuvor welche gesehen hat. „Kein Wunder", denkt Benno, „dass sich der Junge von Hirngespinsten hat einwickeln lassen."

Inkubus

Mitten in der Nacht wacht Benno auf und sieht eine Gestalt, die sich über Wanda beugt. Er erkennt sie, es ist Frau Kager, die Hexe aus der Nachbarschaft. Wanda hat sie „die Heimatlose“ genannt. Sie trottete die letzten zwei Jahre im Abstand von zwei Stunden täglich mehrmals den Gartenzaun entlang am Haus vorbei. Benno hat einmal ein Gespräch über den Zaun mit ihr versucht. Sie lebte aber anscheinend nicht mehr in dieser Welt. Was sie von sich gab, klang für ihn jedenfalls sinnlos und wirr.

Wanda hütet wegen einer Grippe seit einigen Tagen das Bett. Frau Kager redet auf sie ein: „Das Unbewusste spricht bei allem mit. Wenn man sein Ohr dafür schärft, dann hört man klar und deutlich eine Stimme. Sie sagt einem, woran es liegt, dass man leidet, und was dagegen zu tun ist.“

Solche psychologischen Aussagen hätte Benno Frau Kager nicht zugetraut.

Als sie bemerkt, dass Benno wach ist, beginnt sie zu flüstern. Wanda, die vor einigen Jahren die Schauspielerei aufgegeben hat und jetzt eine psychologische Praxis ausübt, hört ihr zu Bennos Verwunderung aufmerksam zu.

Unvermutet vernimmt er eine zweite, sehr leise Stimme, die so fern wie über einen Fluss gerufen klingt; er versteht leider nur einzelne Worte, wie „loslassen“

und „entspannen". Wandas Stimme ist das nicht, die klingt ganz anders. Also kann es sich wohl nur um die Stimme ihres Unbewussten handeln.

Am anderen Morgen ist die Grippe wie weggeblasen. Wanda bekennt, sie sei Frau Kager dankbar. Auf dem Nachttisch neben dem Bett liegt ein Buch. Es hat den Titel „Die Sprache des Unbewussten".

Einige Tage danach liest Benno in der Zeitung eine Todesanzeige: „Frau Kager ist in der Nacht vom 4. zum 5. Mai verstorben." Es war dieselbe Nacht, in der Frau Kager auf Wandas Bettkante saß.

Heiler

Wenn Wanda krank ist, was zum Glück selten vorkommt, ist Benno ratlos. So auch dieses Mal. Ausgerechnet heute, da sie Gäste erwarten, fiebert sie. Es ist besser, sie legt sich hin. Zwanzig Personen sind eingeladen, und nach und nach treffen sie ein. Einige sind von weit her angereist. Am liebsten würde Benno keinen ins Haus lassen. Er pendelt zwischen Wohn- und Schlafzimmer hin und her. Wanda ist nervös und wird immer nervöser. So kennt Benno sie nicht. Es muss am Fieber liegen. Trotzdem will sie nicht, dass Benno die Gäste wegschickt.

Wanda und Benno haben nichts dagegen, dass die Gäste Freunde mitbringen. Einer von ihnen ist Benno unbekannt. Dieser bietet sich an, Wanda zu helfen, er sei nämlich ein Heiler. Benno stellte sich bisher unter einem Heiler eher einen asketischen, hochgewachsenen, dunkelgekleideten Menschen vor mit markantem Profil und zurückhaltendem Wesen. Dieser Mann ist von all dem das Gegenteil. Er ist klein und rundlich, hat spärliches blondes Haar, weiche Gesichtszüge, lebhafte Mimik, trägt lockere beigefarbene Kleidung im Trachtendesign. Er ist äußerst agil, hat sich sofort mit allen Anwesenden bekannt gemacht und verwickelt jeden gleich in ein Gespräch.

Die Behandlung, behauptet der Mann, dauere nur zehn Minuten, dann könne Bennos Frau aufstehen und sich den Gästen widmen. Benno beschließt, Wanda solle selbst entscheiden, ob sie sich darauf einlassen will. Er geht zu ihr ins Schlafzimmer und schlägt vor: „Unter unseren Gästen befindet sich ein Heiler, vielleicht kann der dir helfen.“ Wanda scheint überhaupt nichts von Bennos Worten mitzubekommen, spricht unzusammenhängend, wie kurz vor einem Nervenzusammenbruch.

Der Heiler drängt ins Schlafzimmer, Benno kann ihn nicht zurückhalten, und nähert sich auf Zehenspitzen Wandas Bett, gurrt ihr leise ins Ohr „tschitschiwu, tschitschiwu, tschitschiwu“. Und tatsächlich, es wirkt. Sie steht nach zehn Minuten auf und kümmert sich um die Gäste, frisch und munter, als sei sie überhaupt nicht krank gewesen.

Benno hat später die Tschitschiwu-Methode bei kranken Freunden mehrfach selbst ausprobiert. Vielleicht traf er dabei nie den richtigen Sound. Es hat jedenfalls nicht funktioniert.

Medikus

Seit sechs Monaten leidet Benno an diversen Wehwehchen. Kaum hat er eines überstanden, sucht ihn das nächste heim. Momentan quälen ihn unerträgliche Zahnschmerzen.

Benno ist seit einiger Zeit in einem Labor beschäftigt. Sein Kollege, der seit sechs Monaten irgendwelche Experimente durchführt, erkundigt sich täglich nach seinem Befinden. Über sich selbst und darüber, was das für Experimente sind, schweigt er sich aus.

Eines Tages eröffnet der Kollege, Bennos Leidenszeit sei nun bald zu Ende. Benno wundert sich und will wissen, was er damit meine. Endlich könne er es ihm sagen, erklärt der Kollege. Er und seine Frau hätten sich seit einigen Monaten Sorgen um die Gesundheit ihrer Tochter gemacht. Benno dagegen habe ihn damit beeindruckt, dass er früher nie krank gewesen sei und anscheinend über eine Bärennatur verfüge. Deshalb habe er ihm mit Hilfe der Alchimie und Magie die Krankheiten der Tochter angehext, damit er sie ausheile. Und so seien der Tochter Schmerzen und Medizin erspart geblieben. Bis auf ein Geschwür am linken hinteren Backenzahn sei die Tochter nun gesund. In ein paar Tagen werde die Tochter dank Benno auch davon erlöst sein. Sicherlich läge Benno daran, die Tochter nun auch persönlich kennen zu lernen.

Benno ist allerdings der Meinung, er habe schon genug durch die Tochter durchgemacht.

Eine Woche nach diesem Gespräch steht er in der Mittagspause eben vor der Kantinenkasse der Firma, als zwei Frauen auf ihn zusteuern. Die eine erkennt er sofort instinktiv an ihrer Aura, es ist die Tochter des Kollegen. Sie wirkt unbeschwert und schmerzfrei. Die dickliche Blondine an ihrer Seite gängelt sie anscheinend in seine Richtung.

Benno hat zwar keine Lust, die Tochter näher kennen zu lernen, aber es ist zu spät auszuweichen. Man verkennt, wie es scheint, seine Absichten. Wenn überhaupt an etwas, so ist er lediglich an dem Gesundheitszustand der Dame interessiert. Näher betrachtet, könnte sie ihm fast gefallen – ohne diese Pickel im Gesicht. Die müssen noch weg, entscheidet er innerlich, obgleich er eigentlich genug hat von all diesen Frauenleiden.

Beim Zahnarzt

„Damit sind wir jetzt fertig“, stellt der Zahnarzt fest, als er den rechten Schneidezahn wieder eingesetzt und auf Festigkeit überprüft hat. „Aber links hinten hätten wir noch eine Kleinigkeit zu reparieren, das mache ich danach noch.“ Mit den Worten: „Ich komme gleich zurück“, verlässt er den Raum. Wanda sitzt in der Ecke und will Benno nach Hause chauffieren. „Fahren Sie nach der Behandlung nicht selber“, hatte der Zahnarzt empfohlen.

Es ist inzwischen schon recht spät und dunkel. „Warten wir noch, vielleicht nimmt er bloß etwas zu sich; wenn er in einer halben Stunde nicht kommt, gehen wir einfach“, beschließt Wanda. Sie unterhalten sich eine Weile und dann schlafen sie beide ein. Benno auf seinem komfortablen Behandlungsstuhl und Wanda in der Ecke auf ihrem unbequemen Sessel.

Am nächsten Morgen weckt sie die Sonne. Kurz darauf erscheint der Zahnarzt und erledigt die Kleinigkeit links hinten. Er überschlägt sich fast vor Höflichkeit und begleitet Wanda und Benno vom vierten Stock zusammen mit seiner Praxishelferin zum Wagen auf dem Parkplatz.

Benno hat den Verdacht, der Zahnarzt habe ihn gestern Abend vergessen, und das sei ihm jetzt unangenehm. Die Helferin wirkt dagegen ein wenig schnippisch. Sie gibt Benno unterwegs den Rat, er solle mehr Süßigkeiten naschen. Ihm ist nicht klar, wie sie das meint. Benno ist nicht zu Scherzen aufgelegt und antwortet ernsthaft, Süßigkeiten kämen für ihn momentan nicht in die Tüte, da er seine Kalorienzufuhr drosseln wolle.

Am Auto angelangt, will offenbar auch der Zahnarzt was Persönliches sagen. „Haben Sie nicht einen sehr viel jüngeren Bruder." „Nein", antwortet Benno und spielt damit auf die Süßigkeiten von vorhin an, „nur einen sehr viel dickeren." Vermutlich hätte der Zahnarzt gern mehr solcher Patienten wie Benno. Ihr Verhältnis ist im Laufe der Jahre fast freundschaftlich geworden; Benno sieht das sicher richtig, denn der Zahnarzt schlägt nun vor: „Ziehen Sie doch in meine Gegend; gleich in der Nähe gibt es eine attraktive Wohnanlage direkt am See. Wir sind zwar jetzt fertig, aber regelrecht fertig wird man bei Ihnen nie, da gibt es immer wieder was zu tun."

Zum Abschied küsst er Benno auf die Wange und anschließend direkt auf den Mund. „Ich liebe ihn", sagt er zu Wanda, „er ist so geduldig."

Gewohnheiten

Benno drückt die junge Frau an sich und küsst sie zart auf die Wange. Sie ist Buchhändlerin in dem schönen Antiquariat in der Marienplatzpassage. Bis vor drei Monaten hat er sie täglich geküsst. Aber seit seinem Umzug an die Peripherie kommt er nur gelegentlich ins Zentrum und kann die Buchhändlerin deshalb bloß noch selten küssen, was er ungemein vermisst. Er hat in dem Antiquariat hin und wieder ein Buch gekauft, sozusagen als Alibi vor der älteren Kollegin. Die beiden, die etwas ältere und die, die er küsst, haben sich immer gern mit ihm unterhalten. In diesem Haus kennt er außerdem weitere hübsche Frauen. Eine führt im ersten Stock eine Galerie, eine andere – einen Stock darüber – ist Zahnarzthelferin.

Ab nächste Woche muss er sich entscheiden, ob er weiterhin die Buchhändlerin küsst oder lieber die Galeristin. Denn die Galerie ist künftig im Parterre und das Antiquariat zieht nach oben. Heute lobt ihn die Buchhändlerin zum ersten Mal für seine Küsse. Und sie tut das auch gleich bei der Galeristin. Benno nimmt an, sie gibt der Galeristin auch noch andere Instruktionen und Tipps. Die beiden haben anscheinend überhaupt viel zu besprechen. Er ist froh über das Lob, denn er hätte vielleicht sonst nicht gewagt, gleich beim ersten Besuch die Galeristin zu küssen. Er kann sich aber noch nicht entscheiden.

Vielleicht wird er doch die Treppe nach oben steigen; denn die Galeristin hat keine etwas ältere Kollegin, sozusagen als Anstandsdame. Hätte sie eine, dann würde sich für Benno nicht viel ändern, dann bliebe es beim Kuss auf Wange und er wäre des zufrieden. Während er so hin und her überlegt, disputieren die beiden Hübschen heftig über Kussvarianten. Benno hätte dazu eine Menge zu sagen, doch sie möchten anscheinend nicht, dass er sich dazu äußert. Endlich gelingt es ihm trotzdem und er unterbricht sie mit den Worten:

„Je nach Situation kommt es beim Küssen auf die richtige Distanz an. Darum küsse ich die Buchhändlerin auch nur auf die Wange. Überschreitet man diese, gibt es kein Halten."

Benno erwartet, dass die beiden ihn loben, und zwar einesteils für seine Disziplin, andernteils für seine kluge Bemerkung. Ihre Mienen verfinstern sich jedoch. Benno kann sich das nicht erklären. So schwer es ihm in seinen fortgeschrittenen Jahren fällt, er wird wohl künftig zwei Stockwerke hinaufsteigen müssen, zur Zahnarzthelferin, um diese zu küssen.

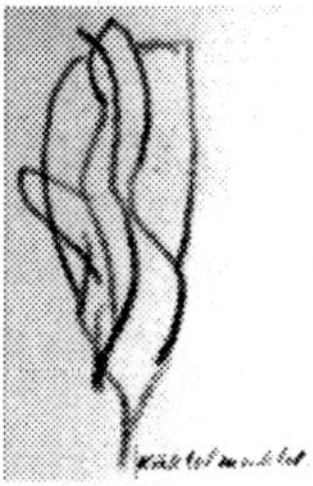

Floristin

Gelegentlich sollte ein Ehemann seiner Frau Blumen mitbringen, und dies ohne einen bestimmten Anlass. Wie es heißt, hat ein Mann immer Grund für ein schlechtes Gewissen, und das umso mehr, wenn er der Floristin schöne Augen macht. Solcherart Gedanken gehen Benno durch den Kopf, während er durch die Schaufensterscheibe des Blumenladens die Sträuße und Blumengebinde betrachtet und zwischen dieser Pracht die anmutigste Blüte von allen, die schwarzgelockte Floristin. Er beugt sich so nah über die Frühlingssträuße in dem Eimer neben der Ladentür, als wolle er eine Blumenelfe küssen. Während er den Duft einsaugt, hat er eine Idee, die ihm selbst ein wenig verrückt vorkommt, aber vielleicht, so hofft er, empfindet eine Floristin das nicht so. Er geht in den Laden und fragt sie: „Darf ich sie – schönste Blume unter all den wundervollen Blumen – küssen." Es ist ihr anzumerken, dass dies noch kein Kunde von ihr verlangt hat. Sie zögert, überlegt, kommt zu dem Schluss, einem Blumenliebhaber darf sie das nicht verwehren, und sagt: „Ja". Er küsst sie vorsichtig und so zart, als küsse er eine Blumenelfe.

Ab zwei Uhr hätte sie Zeit, gesteht sie errötend. Das kommt für Benno überraschend. Natürlich freut er sich auf einen Spaziergang mit ihr hinunter zur Isar. Er wird sich den Nachmittag dafür in seiner Firma frei nehmen. Gerade als er sein Büro betritt, ruft Wanda an: Beate, Dichterin aus Holland, ihre gemeinsame Freundin, ist überraschend zu Besuch gekommen und Benno soll doch dringend sofort heimkommen.

Was nun? Die Floristin versetzen? Das wäre ihm arg. Sie wird sich grämen und er wird sie nie mehr küssen dürfen. Ob ihm Simon aus der Klemme hilft. Simon lässt sich überreden, für ihn einzuspringen. Simon ist in Bennos Jahren und sieht ihm zum Verwechseln ähnlich, zudem ist er Single. Benno leiht ihm seinen Ledermantel und klebt ihm einen Bart ans Kinn. So hergerichtet wird die Floristin vielleicht den Unterschied nicht merken.

Wanda hat eine Kutsche gemietet. Sie machen mit der Holländerin eine Kutschfahrt durch die Stadt. Die Holländerin sitzt Benno gegenüber, ihre füllige Figur nimmt die ganze Sitzbreite ein. Sie spricht über ihr neuestes Werk. Diesmal kein Roman, sondern eine Abhandlung. Und sie fragt Benno, was er von dem Titel „Die Heiligen“ für diese Arbeit halte. Benno hat ihr nur mit halbem Ohr zugehört. Nein, erläutert sie, nicht mit wirklichen Heiligen habe sie sich in diesem Werk befasst, sondern mit frustrierten Ehemännern.

Benno antwortet nicht darauf, er sieht gebannt nach rechts hinaus, er beobachtet seinen Freund Simon, der Arm in Arm mit der Floristin den Weg zur Isar eingeschlagen hat. Die Holländerin unterbricht ihr Ausführungen und meint mit Spott in der Stimme: Du magst wohl keine dicken Frauen, schaust lieber den jungen schlanken nach. Benno seufzt. Er sieht die

Küsse der Blumenverkäuferin sich in Luft auflösen, während die dicke Holländerin ungeniert seine Realität besetzt.

Leichtsinn

Benno ist umringt von Leuten, die es auf sein Geld abgesehen haben. Das ist die Kehrseite eines gewissen Wohlstands. Zwischen Staat, Teppichhändlern und dem Kleinkriminellen Simon besteht in den Augen Bennos fast kein Unterschied. Er gibt allerdings vor sich selber zu, schon ein wenig leichtsinnig zu sein. Vorige Woche deponierte er 45.000 Euro auf dem Fensterbrett. Als er das Kuvert anderntags zur Bank bringen wollte, lag es nicht mehr da. Das konnte nur Simon genommen haben. Er war den ganzen Nachmittag über im Garten beschäftigt gewesen, hatte einige Hortensien umgepflanzt und Laub zusammengerecht. Simon verdient sich bei Benno durch Gartenarbeit gelegentlich ein paar Kröten. Die trägt er anschließend in seine Stammkneipe. In diese Spelunke würde Benno normalerweise nie einkehren. Aber natürlich geht er sofort hin, als er den Verlust bemerkt, und trifft dort Simon an. Benno diskutiert nicht erst lange, sondern fasst ihn gleich unter seine Lederweste und spürt einen dicken Packen. Simon hat das Geld noch bei sich, gibt das auch unumwunden zu, grinst Benno unverschämt an und sagt: „Das kriegst du nie." Benno hat Simon nach dessen Entlassung aus dem Gefängnis aufgenommen. Vertrauenswürdig sieht der ja wirklich nicht aus. Auf den ersten Blick wirkt er wie einer aus der Reiterhorde des Dchingis Khan, der Furcht und Schrecken auslöst, hinterhältig, verschlagen, und grausam. Benno hat sich nie von Vorurteilen leiten lassen. Nun aber sieht er sich gezwungen zu protestieren, und zwar lauthals. „Simon hat mir 450.000 Euro gestohlen." In der Aufregung verspricht er sich in der Höhe der Summe um eine Zehnerpotenz. „Ich zeige dich an, ich gehe vor Gericht." „Damit wirst du nicht durchkommen", erwidert Simon eiskalt. „Das Geld steht mir von Rechts wegen zu. Es sind Spielschulden." Im Moment fällt Benno darauf nichts ein. Er hat zwar noch nie mit Simon Karten gespielt, er rührt überhaupt keine Karten an. Aber wie beweist er das. Wenn er das Geld nicht zurück bekommt, kann Benno sich keinen Gärtner mehr leisten.

Am nächsten Morgen wartet Benno vergebens auf Simon. Der sollte den Riesenknöterich im Garten roden. Simons Zimmer im ersten Stock ist leer. Von dem Tag an ist Simon endgültig aus Bennos und Wandas Leben verschwunden. Das hat die beiden nun auch nicht mehr überrascht.

Vergangenheit

Benno lebt mehr als in der Gegenwart in der vergangenen Zeit, als sei er noch ein junger Mann, und wenn er von seinem täglichen Spaziergang in die Fasanerie zurückkommt, wundert er sich jedes Mal, dass seine Mutter nicht mehr lebt. Genauso erstaunt es ihn, dass es das kleine Geschäft, in dem sie hinter der Theke stand, nicht mehr gibt. Und jede Nacht hängt er einer alten Liebe nach. Er steigt dann in dem Haus Nusshäherstraße 13 vier Treppen hinauf bis zur Mansarde unterm Dach und legt Blumen vor die Tür seiner ersten Liebe. Einmal, das ist schon dreißig Jahre her, war er sogar bei ihr drin in dem Zimmer.

Am Morgen nach so einer nächtlichen Tour wird sein Kopf wieder klar und er erschrickt vor sich selbst. Letzte Woche ging er vormittags noch mal hin zu dem Haus und schaute über den Zaun. Im Garten spielte der sechsjährige Sohn der Leute, die jetzt in dem Haus wohnen. Benno fürchtet, sie haben vielleicht schon die Polizei alarmiert, weil dort Blumen liegen vor dem Zimmer unterm Dach.

Zum Glück hat man Benno bis jetzt nicht ertappt. Außer von zwei Katzen wurde er des Nachts von niemand gesehen. Vielleicht verdächtigt ihn aber der Sohn der Leute aus dem Haus, der blickt ihn in letzter Zeit so sonderbar an. Benno spürt es: Nacht für Nacht erhöht sich die Gefahr. Seit neuestem schlagen die Hunde der Nachbarschaft an. Dennoch kann er es nicht lassen, er schleicht sich gegen zwei Uhr nachts den Waldweg unter hohen Bäumen bis zu dem Grundstück und dann den schmalen Weg zwischen Büschen zum Haus. Allerdings wagt er sich nicht mehr hinein. Die Blumen legt er jetzt draußen auf die Treppe vor die Eingangstür.

Extreme

Draußen vor der Stadt lag einmal ein internationaler Flugplatz. Als der für den zunehmenden Flugverkehr zu klein wurde, legt die Stadt einen neuen größeren Flugplatz in einem Waldgebiet an, das man zu diesem Zweck abholzen lässt. Für das freigewordene Areal überlegen die Stadtväter lange hin und her, was damit geschehen solle. Schließlich hat der zweite Bürgermeister, der sich vor allem für Kulturelles zuständig fühlt, die Idee, man solle dort Leute mit extremen Neigungen ansiedeln. Die wären dann unter sich, was ihnen sicher mehr gefallen würde, als sich in der Stadt ständig mit sogenannten normalen Bürgern auseinandersetzen zu müssen. So wäre beiden Seiten geholfen. Der Vorschlag findet allgemeine Zustimmung. Man teilt das Areal in Grundstücke von etwa fünfhundert Quadratmetern auf, hat allerdings nicht damit gerechnet, dass es derart viele Menschen mit extremen Neigungen unter der Stadtbevölkerung gibt. Im Nu sind die Anteile vergeben. Und innerhalb von wenigen Monaten steht auf jedem Grundstück ein Bungalow, ein Blockhaus oder eine Laubenhütte.

Um die Siedlung herum lässt die Stadt einen Stacheldrahtzaun errichten. Sie stellen einen Pförtner ein, der seither in einer bunten Phantasieuniform das Eingangstor bewacht und einen nur hineinlässt, wenn man eine Genehmigung vorweisen kann. Sonderlich schwierig ist es allerdings nicht, diese zu erlangen. Es genügt, wenn einem ein Bewohner schriftlich bestätigt, dass man ihn besuchen möchte. Auch Handwerker dürfen ungehindert passieren, falls sie einen Auftrag vorweisen können. Neugierige möchte man indes fernhalten.

Benno führen Nachforschungen vor dieses Tor, die mit seiner eigenen Vergangenheit zu tun haben. Über viele Jahre wird er Gedanken und Vermutungen über Schicksale nicht los, in die er einmal verstrickt war und über deren weiteren Verlauf er nichts erfahren hat. Endlich hat er Zeit und Muße, die alten Fäden aufzugreifen, und hofft, da er gegenwärtig allein und getrennt von Wanda lebt, endlich einige Kapitel in seinem Leben abschließen zu können.

Er erklärt dem Pförtner, er wolle einen Mann mit einem Affen besuchen, der ihm von früher her bekannt sei. Sein Name sei Specht, sofern ihn seine Erinnerung nicht täusche. Wie hingegen der Affe heiße, daran könne er sich beim besten Willen nicht erinnern. Vom Einwohnermeldeamt habe er indes erfahren, ein Herr namens Specht hause mit seinem Affen am anderen Ende des Areals in einer Blockhütte.

Obwohl er nichts Schriftliches vorweisen kann, lässt ihn der Pförtner anstandslos auf das Gelände.

Herr Specht ist Benno im Grunde egal. Aber er hat mit ihm eine gemeinsame Bekannte. Vielleicht steht Herr Specht noch in Kontakt mit Isolde und kann Benno sagen, was aus ihr geworden ist, oder ihm wenigstens weiterhelfen. Sie zog vor Jahren aus Obersendling weg und geht ihm – wie erwähnt

– seither nicht aus dem Sinn. Benno fragt sich in der Siedlung durch, wird jedoch jedes Mal in eine andere Richtung geschickt.

Es gibt in der Siedlung weder Straßennamen noch Hausnummern, genau genommen gibt es überhaupt keine Straßen. Durch die verwilderten Gärten, in denen alles wächst, was die ungehinderte Natur hervorbringt, und die weder durch Zäune noch durch Hecken voneinander abgegrenzt sind, schlängeln sich Pfade.

Schließlich gerät Benno an eine junge Frau, die nackt auf der Terrasse vor ihrem Bungalow in der Sonne liegt, und fragt auch sie nach dem Mann mit dem Affen.

Sie erzählt ihm zuerst von sich. Sie liebe die Männer, vertraut sie ihm an, aber nur immer einen Tag lang. Ihr heutiger Liebhaber dusche gerade, und für morgen habe sich bei ihr ein Araber angemeldet.

Nachdem Benno über die junge Dame und ihre Lebensumstände aufgeklärt ist, erklärt sie Benno genau, wo der Mann mit dem Affen wohnt, beziehungsweise gewohnt hat. Denn vor ein paar Tagen sei er, wie sie gehört habe, unerwartet gestorben. Und sie schlägt ihm vor, in die frei gewordene Blockhütte einzuziehen und sich um den verwaisten Affen zu kümmern.

Jemand wie Benno, mit seiner keuschen unerfüllten Liebe, sei unbedingt ein Kandidat für diese Siedlung, meint sie. Damit er sich nicht wieder verlaufe, übergibt sie ihm einen Plan von dem gesamten Areal und kreuzt die genau Position der Blockhütte an. Da lebt Benno nun also zur Zeit, wartet darauf, dass eines Tages die Liebe von einst durch die Tür tritt, und versorgt inzwischen den Affen.

Osten

Benno ist mit Wanda in dem für ihn unbekannten Osten unterwegs. Zwei Jahre hatte sie sich dort vor ihm verborgen, nachdem sie ihn plötzlich und für sein Gefühl grundlos verlassen hatte. Über diese „verlorenen“ Jahren hat sie sich bis gestern ausgeschwiegen. Doch nun führt sie ihn dorthin, wo sie damals gelebt hat, und er wird diese Jahre in sein Gedächtnis einverleiben können.

Sie erinnert sich immer noch daran, wo sie ihre Schlüssel hinterlegt hatte. In einem kleinen Park nahe am Parktor wälzt sie zwei Steine auseinander. Ein halb verrosteter Schlüssel kommt hervor. Er passt zu einer nahegelegenen Garage, in der sie ihren Wagen untergestellt hatte.

Durch eine Hintertür am Ende der Garage gelangen sie in einen großen Raum. Hier traf sie sich mit Freunden, und sie haben Theaterrollen geprobt, Shakespeare und Hebbel, auf einer einfachen Bretterbühne. Außer mit ein paar Stühlen war der Raum lediglich mit den Gestalten ihrer Phantasie ausstaffiert.

Jetzt befindet sich dort eine Buchhandlung. Zuerst denken sie, man wird sie bei dem lebhaften Kundenverkehr nicht bemerken. Doch der Buchhändler kommt direkt auf sie zu, überrascht, dass die beiden wie aus dem Nichts aus dem Hintergrund auftauchen.

Wanda sagt, dass sie einen Schlüssel für die rückwärtige Tür hat. Der Buchhändler entsinnt sich ihrer undeutlich. Wanda hilft ihm auf die Sprünge, erinnert ihn an die einstige Theatergruppe. Die existiere immer noch, erklärt er, zwar nicht mehr hier, aber gleich um die Ecke in einer aufgelassenen Fabrik. Er überreicht ihnen ein Programmheft. Sie spielen Grillparzers „Der Niedergang des Hauses Habsburg". Wanda und Benno nehmen sich vor, eine Vorstellung zu besuchen.

Um Benno die nächste Station dieser Jahre zu zeigen, brauchen sie einen weiteren Schlüssel. Wanda meint, er müsse in einem Gully vor der Buchhandlung etwa einen Meter unter dem Gullygitter in einer Vertiefung der Gullywand liegen. Doch wahrscheinlich sei er inzwischen in die Kanalisation gefallen. Benno hebt das Gitter hoch, beugt sich runter und kramt den Schlüssel tatsächlich da unten aus trockenem Laub hervor.

Damit sperrt Wanda nun einen Wohnwagen auf, der ziemlich verrottet auf einer Wiese außerhalb des Stadtgebietes steht. Drinnen sieht es recht behaglich aus. Hier hat Wanda einige Zeit gewohnt, eine schwierige Periode war das für sie. Sie hat sich mit Modellstehen über Wasser gehalten. Sie möchte Benno den Künstler, der sie damals gemalt hat, vorstellen, sofern er noch in dem gleichen Atelier arbeitet. Es ist ganz in der Nähe.

Tatsächlich treffen sie ihn an, einen breitschultrigen großen Mann mit rundem Gesicht und vollem, lockigen, angegrautem Haar. Er schenkt Wanda einen

Umschlag mit Zeichnungen, die er von ihr gemacht hat.

Die beiden anderen Künstler, mit denen er das Atelier teilt, wirken gegen ihn unscheinbar, nicht wie eigenständige Maler, eher wie seine Gesellen. Ihre Gesichter werden Benno sicher nicht im Gedächtnis bleiben.

Die großen Gemälde mit Wandas Porträts, Akt und Halbakt, auf die Benno besonders neugierig ist, sind leider in alle Winde verstreut und – falls überhaupt – äußerst schwer zu beschaffen.

Zwei Wochen nach dieser Expedition hat Wanda den Umschlag mit den Zeichnungen immer noch nicht geöffnet. Und Benno ist es unangenehm, sie daran zu erinnern, obwohl ihn seine Neugier quält, und er ist sich nun nicht mehr ganz sicher, ob sie ihn wirklich lückenlos eingeweiht hat – über diese zwei „verlorenen Jahre".

Künstlerkolonie

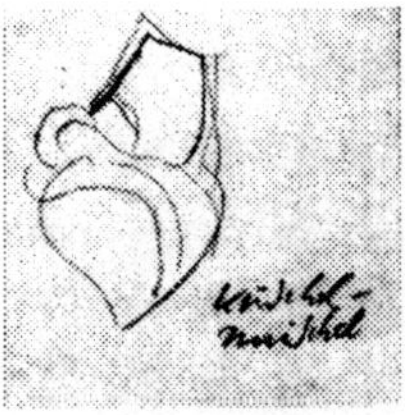

Benno steht als letzter in der Reihe vor dem Büro der Baubehörde. Der Präsident der Baubehörde schreitet die Reihe ab und wendet sich – am Ende angekommen – an Benno. „Das wird ein Erfolg. Ich freue mich über den Andrang. Schön, dass auch Sie mitmachen." Der Präsident sieht zufrieden aus.

Es ist früher Vormittag. Ganz freiwillig steht Benno nicht in der Schlange, obwohl ihn das Projekt grundsätzlich interessiert, aber nicht um diese Tageszeit. Der Präsident schüttelt ihm freundschaftlich die Hand; er ist in Eile, muss zurück an seinen Schreibtisch.

Der Präsident hatte ihn morgens um halb Acht angerufen, ihn aus dem Bett gescheucht. Die Stadt sucht Künstler und Literaten, die in die neue Ortschaft vor den Toren der Stadt ziehen möchten. Newcelebration! Die Bauarbeiten haben gerade begonnen. Bisher konnten Benno selbst gute Gründe nicht dazu bewegen, seinen Wohnort zu wechseln. Der Präsident legt indes großen Wert darauf, dass sich Benno als Bürger von Newcelebration eintragen lässt. Wenn er nicht noch heute seinen Antrag einreiche, müsse er eine lange Wartezeit in Kauf nehmen.

Die Abfertigung kommt flott voran. Und nun sitzt Benno auf dem Hocker vor dem Schreibtisch der Beamtin. Sie wirft einen teilnahmslosen Blick auf ihn, befragt ihn nach seinen Personalien, erkundigt sich speziell nach seinem künstlerischen Werdegang und übernimmt seine Daten in ein Antragsformular.

Benno versucht die Beamtin aus der Reserve zu locken. Mit einem gewinnenden Lächeln bittet er sie, ihn über die Kriterien zu informieren, die für die Einbürgerung in Newcelebration gelten würden. Außerdem wüsste er gerne, welchen Architekten man für den Städtebau beauftragt habe. Vielleicht den Hundert- oder gar den Tausendwasser.

Die Beamtin, sichtlich auf solche Fragen nicht gefasst, unterbricht Benno mit den Worten, es sei zweifelhaft, ob er die Kriterien erfüllen würde. Sie erhebt sich, und im Weggehen bemerkt sie mit einem vernichtenden Blick, sie müsse erst mit dem Hauspsychologen rücksprechen.

Benno unterdrückt seinen Ärger und erwägt, einfach zu verschwinden. Aber seine Neugier hindert ihn daran. Er kann sich nicht vorstellen, wie der Psychologe sich ein Urteil über ihn bilden will, da er ihn doch überhaupt nicht kennt, ihn noch nicht einmal gesehen hat.

Allmählich wird ihm die Wartezeit zu lang und er schaut sich im Zimmer um. Sein Blick fällt auf eine afrikanische Skulptur, die anscheinend als Dekorationselement auf der Schreibtischplatte steht und aussieht wie ein Nussknacker. Vielleicht ein Mikrofon, mutmaßt er, durch das der Psychologe im Nebenzimmer sein Gespräch mit der Beamtin mit angehört hat. Er hämmert heftig auf den „Nussknacker“ ein. Tatsächlich erscheint kurz darauf die Beamtin.

Sie nimmt hinter ihrem Schreibtisch Platz und verkündet mit strenger Richtermiene, Bennos Gehirnwindungen würden nicht dem Anforderungsprofil entsprechen. Benno verzichtet darauf, weitere Fragen an die Beamtin zu stellen, obwohl sie sich ihm aufdrängen, aber sie würde ihm sicher nicht erklären, was hier vorgeht.

Benno hat den Verdacht, das Ding auf dem Schreibtisch zeichnet nicht nur Schallwellen, sondern auch Gehirnwellen auf. Was hat man gemessen? Seine Intelligenz, seine sexuellen Neigungen oder noch andere Eigenschaften? Sind diese für einen Bürger von Newcelebration zu normal oder zu außergewöhnlich? Wenigstens will er die Beamtin zum Abschluss nochmals verunsichern. Während er sich von seinem Stuhl erhebt, äußert er mit gespieltem Bedauern in der Stimme, sie stünde mit Newcelebration auf verlorenem Posten. Aber ihm sei das einerlei. Er sei ohnehin nicht interessiert. Der Präsident habe ihm vorhin abgeraten, sich zu bewerben, da das Projekt mit Sicherheit scheitern würde.

Das Haus

Ein bisschen gereizt ist Wanda heute, obgleich sie gewöhnlich über allem steht. Es ist fast Mittag und sie und ihre Freundin, die seit gestern zu Besuch da ist, rennen im Morgenmantel wie aufgescheucht durch die Wohnung. Sie wollen gemeinsam in ein Kaufhaus und sich ein paar hübsche Kleider kaufen, aber für heute ist es zu spät.

Eine Wohnung im üblichen Sinn ist Wanda und Bennos Behausung genau genommen nicht. Ein Besucher, der zum ersten Mal hier ist, würde vielleicht seinen ersten Eindruck folgendermaßen wiedergeben:

„Das Haus gleicht von außen einer Pyramide, innen besteht es aus einem großen Saal. Durch die Schrägen fällt das Licht vollflächig herein. Der Marmorboden schimmert rötlich. Ein altägyptisches Henkelkreuz, in den Marmor gemeißelt, markiert vielleicht den Ort der Meditation. Da und dort sind kostbare Jugendstilmöbel, teils vereinzelt, teils in Gruppen arrangiert. Bei der Größe des Raums wirken sie zierlich. Sieht man genauer hin, bemerkt man, dass sie nach den Regeln des Goldenen Schnitts angeordnet sind. Vor den breiten Fenstern beeindrucken vier mächtige Skulpturen: Isis, Osiris, Horus und Anubis. Ganz hinten am Ende des Saals erkennt man ein Geländer. Es gehört zu einer Treppe."

Wanda hat heute keine Sprechstunde. Aber gerade jetzt schellt die Glocke. Das wird sicher wieder Frau

Wortruba sein. Die meldet sich nie vorher an. Wanda sagt zu ihrer Freundin Isolde: „Ich mache ihr nicht auf, so kann ich mich nicht sehen lassen.“ Dann kippt sie mit dem Daumen einen Schalter. Von oben her gleitet daraufhin eine Wand herunter, klappt nach vorn und bildet einen Plafond. Aus dem Marmorboden steigen Seitenwände auf. Der vordere Teil des Saals ist nun abgetrennt und Wandas Sprechzimmer ist entstanden. Zu ihren Füßen öffnet sich der Boden und eine Treppe wird sichtbar. „Ich gehe nach unten und ziehe mich an. Du könntest Frau Wortruba inzwischen reinlassen“, bittet sie ihre Freundin, der es nichts ausmacht, sich im Morgenmantel zu präsentieren. „Wenn sie ungeduldig wird, bevor ich fertig bin, führe sie vor den Spiegel. Dann wird sie ohnehin längere Zeit beschäftigt sein.“

Der Spiegel ist Instrument der Selbsterkenntnis. Nur wenn man die richtige Distanz findet, kann man sich darin erkennen. Je näher man an ihn herangeht, umso verschwommener sieht man sich. Je weiter man sich von ihm entfernt, umso weniger ähnelt einem das Spiegelbild.

Als Benno darüber nachdenkt, findet er, dass so ungewöhnlich ihr Haus nun doch nicht ist.

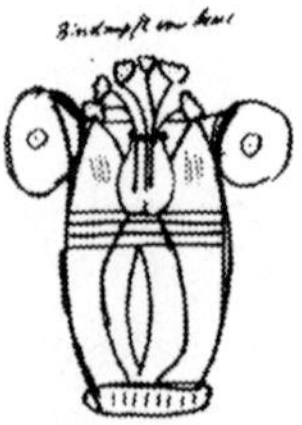

Wandas Leben

Bis Ende April läuft im Norden vor den Toren der Stadt die Ausstellung „Wandas Leben". Sie wird auf einem stillgelegten Gelände der Bahn gezeigt, in zehn ausrangierten, mit Graffiti bunt bemalten Waggons. Öffnungszeit ist Dienstag bis Sonntag von acht bis vierundzwanzig Uhr. Organisator der Ausstellung ist Jochen, Freund Wandas und Bennos. Wanda half Jochen vor vielen Jahren aus einer seelischen Krise.

Am Tag der Eröffnung, weder Benno noch Wanda hatten die Ausstellung vorher besichtigt, erblicken sie auf dem Bahngelände Manfred, einen lästigen Verehrer Wandas, der sich als Sänger russischer Volkslieder mehr schlecht als recht durchschlägt. Er trägt seine Gitarre unterm Arm und steigt schnell, ohne die beiden eines Blickes zu würdigen, in einen der Waggons. Anscheinend hat ihn Jochen engagiert, Benno ist es mehr als unangenehm, ihm hier zu begegnen. Was geht den denn Wandas Leben an. Sie haben Manfreds nicht einwandfreien Charakter nicht sofort durchschaut und einige Zeit versucht seine künstlerische Karriere zu fördern, jedoch sich dann von ihm distanziert und ihn seit drei Jahre nicht mehr gesehen. Seinen Auftritt hier können sie aber nicht verhindern. Wanda meint, am besten sei es, wenn sie sich nicht um ihn scherten.

Kurz darauf dringt sein abgrundtiefer Bass durch die geschlossenen Waggonfenster zu ihnen heraus.

Er singt, wie sie das nicht anders von ihm kannten, gängige russische Folkloreliede r.

Da Benno und Wanda keineswegs zu seinem Publikum gehören wollen, schauen sie sich zuerst einmal die ausrangierte Diesellok an, die Rutsche, wie Wanda sie einstmals genannt hatte. Diese Lok fuhr, bis sie ausgedient hatte, täglich morgens um die gleiche Zeit ohne Anhänger von Allach zum Hauptbahnhof. Der Lokführer sah wie ein Professor aus, weshalb ihn Wanda auch so nannte. Er ließ Wanda damals immer zu sich in den Führerstand einsteigen. Sie war der einzige Fahrgast, denn der „Professor" nahm sonst niemanden mit. Am Hauptbahnhof stieg sie dann um in die Straßenbahn zum Filmgelände. Geiselgasteig war eine der Stationen in ihrem Leben.

Der Zug wurde sozusagen von Lebensstation zu Lebensstation länger.

Lebte der „Professor" noch, säße er im Führerhaus und die Tür klemmte nicht und sie würden zu ihm hochklettern.

Nach etwa einer Stunde beendet Manfred mit „o gigiorne" seine Gesangsdarbietung, der Beifall des Publikums dringt bis zur Lok herüber. Kurz darauf verlässt Manfred eilig das Gelände und Benno und Wanda steigen in den ersten Waggon.

Fast hätte sie der Aufseher ohne Eintrittskarten nicht hineingelassen. Benno erhebt Einspruch und deutet dabei auf Wanda: „Das Zeug, das hier rumliegt, gehört doch im Grunde alles ihr." Dann bittet er Wanda um ihren Ausweis und reicht diesen dem Aufseher. Der vergleicht das Passfoto mit dem eines abgelaufenen Passes, der zusammen mit anderen Ausweisen und Wandas Familienstammbuch in einer Vitrine aushängt. Er bittet Wanda, ihm seine Unkenntnis nicht übel zu nehmen, und stellt sich vor.

Er heiße Philip, sei beruflich eigentlich Goldschmied und verdiene sich durch Nebenjobs was zusätzlich, da ihm sein Einkommen sonst nicht reiche; er fügt hinzu: „Erstaunlich, wie gut besucht die Ausstellung ist, außerdem wird nichts geklaut oder beschädigt, wie das nach meiner Erfahrung sonst häufig vorkommt."

Der junge Mann wirkt vertrauenswürdig, obwohl er ein wenig nach Boheme aussieht, schwarzlockig, mittelgroß, nicht älter als 25. Der Bursche gefällt den beiden, und das sagen sie ihm auch.

Während sie noch mit dem Aufseher zusammenstehen, schnappen sie einige Kommentare von Besuchern auf, auch Nachbarn sind darunter, die sicherlich Neugier hergetrieben hat. Manche scheinen amüsiert, die meisten aber haben sich in Wandas Welt hineingeträumt, was man in ihren entrückten Mienen lesen kann.

Wandas Leben wird in zehn aneinandergehängten Bahnwaggons gezeigt. Die Objekte in den Waggons sind teils nach Lebensabschnitten, teils nach Themenkreisen gegliedert, gleichsam atmosphärisch.

Der erste Waggon ist hauptsächlich mit Wandas Kleidern ausstaffiert. Benno erkennt sogleich einige Schals, die Wanda irgendwo liegen gelassen hat, selbst den breiten pinkfarbenen, vor fünf Sommern an einem heißen Tag in einem kleinen Strandcafé in Grado. Oder die schwarze Zotteljacke, die in keinem Katalog mehr auftaucht und die Wanda besonders vermisst. In Wien, wo sie das Stück zurückgelassen hat, wird eine schicke Urlauberin daran Gefallen gefunden haben. Und Röcke sind da, die Wanda längst zerschlissen glaubte. All das sieht jetzt wie kaum getragen aus. Diese vierfarbige Brokatbluse mit den Fransen müsste eigentlich zu Hause im Koffer liegen. Und dann der rosa Unterrock mit den Rüschen. Wie kamen denn all die Sachen hierher, hat man sie denn alle nachgemacht?

Wanda fällt von einer Überraschung in die andere. „Bei dem Schultertuch stimmt die Farbe nicht, es hatte ein etwas anderes Gelb“, konstatiert sie. „Das Mäanderornament ist das gleiche. Möglicherweise hat man manches nach Schwarzweißfotos kopiert.“

Seit Benno Wanda kennt, isst sie keinen Kuchen, überhaupt nichts Süßes. Der nächste Waggon passt deshalb nicht zu Wanda, sondern eher zu Benno. Hier verlockt alles, was einen Liebhaber von Süßigkeiten sich nur erträumen kann: Torten, Pralinen, Marzipan, alle Arten von Schokolade, Mandelgebäck, Käsekuchen und so fort, frisch vom Konditor. Benno hat den Verdacht, Wanda wusste davon oder hat das gar selber arrangiert. Es soll wohl eine Liebeserklärung an Benno sein. Sie lächelt vielsagend und schweigt. Ihm zuliebe aber probiert sie immerhin ein Stück Sahnetorte, ihr Gesichtsaudruck aber besagt: Nie wieder.

Im nächsten Wagen müssen sie sich zwischen schlichten Regalen aus Buchenholz durchzwängen, die all das bergen, was Wanda in ihrem Leben gelesen hat, also die gesamte Weltliteratur, aber auch Schriften unbekannt gebliebener oder vergessener Dichter, dazu die Philosophen, insbesondere natürlich Nietzsche und Ludwig Klages und Hans Lungwitz; griffbereit auf einem Lesetischchen liegt ein Bücherstapel mit Werken von Tucholsky, Tolstoi, Paul Celan.

Beim Anblick dieser Schätze wächst Wanda vor Bennos innerem Auge ins Gigantische, und wie sie so neben ihm steht, schlank und zierlich, kommt sie ihm trotzdem schutzbedürftig vor. Er seufzt erleichtert auf: Gut, dass er für sie da sein kann.

Der Apparat

Wanda hat sich nach einigen Jahren Schauspielerei der Psychologie verschrieben. Sie sieht in den beiden Bereichen eine Verwandtschaft, da sowohl der Psychologe als auch der Schauspieler fähig sein müsse, sich in ein fremdes Seelenleben hineinzuversetzen. Wanda hatte große therapeutische Erfolge mit ihrer völlig neuartigen Behandlungsweise.

Sie hat eine eigene psychologische Methode entwickelt, die sie kinästhetische Psychologie nennt. Sie bezieht dadurch in die Therapie zusätzlich zum Großhirn das Kleinhirn mit ein. Sie geht dabei davon aus, dass Körperbewegungen und seelische Regungen einander entsprechen. Es muss möglich sein, folgert sie, durch Lagewechsel und die daraus resultierenden Körperempfindungen bestimmte seelische Erlebnisse herbeizuführen. Zurück geht diese Idee – neben der Schauspielerei – auf ihre Ausbildung als Tänzerin.

Sie konstruierte für ihre Therapie eigens einen Apparat. Wie dieser funktioniert, hat Benno niemals ganz begriffen. Gebaut hat ihn, nach Wandas Konstruktionsanweisungen, Jochen, der handwerklich begabter ist als Benno. Der Apparat sieht ungefähr aus wie das überdimensionale Modell eines Kohlenstoffatoms.

Benno war ihr erstes Versuchsobjekt. Nachdem er sich angeschnallt hatte, drehte Wanda den Apparat um die Achse, so dass Benno mit dem Kopf nach unten hing, dann drückte sie auf verschiedene

Knöpfe. Damit steuerte sie den Apparat und erzeugte so die ungewöhnlichsten und sonderbarsten Körperstellungen. Für dieses „Spiel“ entwickelte sie eine eigene Notenschrift, mit der sie – wie sie Benno erklärte – die Lebensmelodie eines Klienten notiert. Diese zu erfassen, heißt für sie sein Wesen zu begreifen.

Sie transponiert also Bewegung in Melodie und Melodie in Bewegung, berücksichtigt dabei Tonlagen und Tonhöhen. In ihrem Apparat wird der Klient dann nach genauem Plan in vertrackte Schwingungen und seltsame Biegungen gebracht, mit wechselnden Tempi durchgerüttelt, hin und her geschleudert und herumgewirbelt.

Benno ist es nicht möglich, Wanda die Zustände exakt zu beschreiben, in die er durch diese Behandlung versetzt wird. Vielleicht ähneln sie hypnotischen, was er aber nicht beurteilen kann, da er mit Hypnose keine Erfahrungen besitzt.

Es erging ihm beim ersten Versuch jedenfalls so, als habe ihn die Maschine in ein früheres Leben zurück gezaubert, als geschähe dieses frühere Leben im Jetzt, und wie im Traum erlebte er in nur wenigen Sekunden ein ganzes Schicksal.

Den Apparat hat Wanda natürlich mehrmals an Benno ausprobiert. Sie schickte ihn auf diese Weise einmal in die altägyptische Unterwelt. Er erwachte wie aus einem Albtraum bleich und völlig verstört. Als er ihr erzählte, wie es ihm ergangen war, überzeugt davon, dies alles sei wirklich geschehen, schloss sie daraus, das

Experiment sei geglückt und der Beweis erbracht für die Einheit von Körper und Seele und das Illusionäre des Ichbewusstseins.

Bei einem weiteren Versuch erfuhr Benno, im vorvorletzten Leben sei er die Tochter eines reichen arabischer Kaufmanns gewesen. Dieser ritt auf einem Kamel mit einer Karawane durch die Wüste. Wanda aber war ein kühner Räuber, der die Karawane überfiel und dem reichen Kaufmann die Tochter raubte.

Was Benno davon halten sollte, darüber ist er sich bis heute nicht klar geworden.

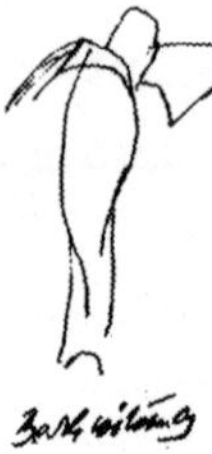

Die Kiste

Jahrzehnte lebt Benno nun schon mit Wanda zusammen. Bis gestern glaubte er, sie durch und durch zu kennen. Aber jetzt ist er sich dessen nicht mehr sicher. Von einem Tag auf den anderen lernt er eine Seite an ihr kennen, die ihm verborgen gewesen sein muss, von der er nichts ahnte. Eine Aura von Unnahbarkeit geht von ihr aus, wie er sie vor vielen Jahren bei der ersten Begegnung mit ihr gespürt hat, als sei all das, was sie gemeinsam erlebt und erlitten hatten, nicht geschehen.

Sie ist auch äußerlich nicht dieselbe geblieben. Wenn jetzt einer der engsten Freunde zur Tür herein käme, der erkennte sie nicht wieder, wie sie so im Wohnzimmer steht, er würde sie für eine mongolische Prinzessin halten. Sie trägt eine Tracht, die Benno an ihr noch nie gesehen hat, bodenlanger längsgestreifter Rock, schwarz und blau, mit Silberkettchen behangen, dazu eine golddurchwirkte Brokatbluse. Sie holt nun aus ihrer Überseekiste Erinnerungsstücke hervor, die sie Benno noch nie gezeigt hat: eine schwere Silberkette, eine Ledertasche mit seltsamen Ornamenten verziert, ein Kopftuch mit symbolischen Zeichen bestickt, einen goldenen Armreif und manches, das Benno nicht einmal benennen könnte.

Zu jedem Ding erzählt sie in einer fremdartigen wohlklingenden Sprache Geschichten. Benno fühlt sich hineinversetzt in eine ferne Welt, in Schicksale voller Abenteuer und Leidenschaft, obwohl er kein einziges Wort versteht. Mit einemmal weiß er: Er muss sein Leben ändern.

Die nächste Generation

„In unserem letzten internen Rundschreiben haben wir Sie darüber informiert, dass wir unsere Forschungsarbeit derzeit nicht fortsetzen. Die Rechtslage ist nach wie vor ungeklärt. Wir können Sie also nicht weiter beschäftigen, werden uns aber bei ihnen gegebenenfalls melden und Sie dann wieder einstellen."

Benno empfindet diese Worte, die Herr Wunder, Leiter des Instituts für Reproduktionsbiologie, an ihn und seine drei Kollegen richtet, geradezu als Erlösung und kann sich eines Kommentars nicht enthalten:

„Ich habe mich längst gefragt, was ich in der Firma noch soll, meine Zeit ist mir zu schade, sie hier wegen nichts und wieder nichts zu vergeuden."

Die Kollegen sitzen an ihren Schreibtischen und sind bemüht einen beschäftigten Eindruck zu machen. Benno fürchtet, dass sie sich durch ihn verraten fühlen. Er spürt ihre missbilligenden Blicke im Rücken.

Herr Wunder geht zur Tür, hält inne und stößt mit dem linken Fuß irgendwas beiseite, dann dreht er sich zu Benno um und sagt: „Sie haben was verloren."

„Genau genommen in diesem Hause nichts mehr", erwidert Benno peinlich berührt. Dennoch sucht er den Teppichboden ab.

Vorsicht, nicht zertreten! Was sich da auf dem Boden krümmt, sieht aus wie ein Würmchen. Auf irgendeine Weise gefällt es Benno. Er schaut es sich genauer an und entdeckt eine gewisse Ähnlichkeit zwischen diesem winzigen Geschöpf und sich selbst; und ihm ist, als habe er selbst so ausgesehen, als er noch so ein Würmchen war.

Herrn Wunders mächtige, respekteinflößende Gestalt füllt den Türrahmen aus, er verlässt mit einem jovialen Lächeln den Raum.

„Was ist das“, wollen die Kollegen wissen.

Benno zeigt es ihnen: „Schaut es euch genau an. Dieser Winzling ist ein menschlicher Ableger und eine wissenschaftliche Sensation. Der erste spontan entstandene humane Klon. Ich bringe ihn gleich in die Abteilung für geklonte Säugetiere. Man soll ihn dort hochpäppeln.“

Die Kollegen sind entsetzt: „Mach das bloß kaputt! Was du vorhast, ist ungesetzlich.“

Genau diese Reaktion hat Benno erwartet; von denen traut sich keiner aus der Reihe zu tanzen, es gab deshalb oftmals Konflikte zwischen ihnen und ihm. Denen fehlt der Mut zum Risiko. Aber Benno hat sich von ihren Einwänden noch nie beirren lassen.

Die Abteilung für geklonte Säugetiere liegt im Sicherheitstrakt. Benno präsentiert dem Pförtner seinen Firmenausweis.

„Der nützt Ihnen hier nichts, ohne Sonderausweis haben Sie keinen Zutritt.“

Der Pförtner schiebt mürrisch sein Fensterchen zu und kümmert sich nicht weiter um Benno. Der steht vor der schweren Eisentüre, die den Zugang zum Sicherheitstrakt versperrt, und beginnt innerlich zu protestieren: „Schon manche großartige Erfindung ist an den Hürden der Bürokratie gescheitert. Soll mir denn das gleiche blühen. So einfach lasse ich mich nicht abweisen."

Er klopft an die Scheibe und hält dem Pförtner seinen Klon unter die Augen: „Wenn der nicht gleich versorgt wird, stirbt er ab. Rufen Sie sofort den Professor an!"

Bennos erregte Stimme, sein forderndes Auftreten stimmen den Pförtner offensichtlich um. Er bequemt sich und greift zum Hörer: „Hier an der Pforte steht einer, der Sie sprechen will, er behauptet, sein Klon sei am Verhungern."

Der Professor hat keine Zeit, aber sein Assistent ist bereit, Benno anzuhören. Nach zehn Minuten erscheint er an der Pforte. Ein blasser junger Mann mit Nickelbrille und Schweißperlen auf der schmalen Stirn. Er wirkt hektisch, erweist sich aber als aufgeschlossen und zuvorkommend: „Bei uns ist ihr Klon in den besten Händen. Ich werde mich höchstpersönlich um ihn kümmern."

Benno übergibt ihm seinen Ableger: „Sie werden es erleben, der Klon hat hervorragende Anlagen. Behandeln sie ihn gut."

Der Assistent verspricht es. Zuerst will er den Gesundheitszustand des Klons überprüfen und anschließend einige genetische Tests durchführen. Dazu brauche er von Benno eine Speichelprobe. Er möchte den genetischen Code des Klons mit dem Bennos vergleichen. Das notwendige Besteck habe er dabei. Benno hat nichts dagegen und macht den Mund auf.

Nächste Woche könne Benno die Ergebnisse von ihm erfahren, verspricht er. Er solle ihn dann wieder aufsuchen, sich aber telefonisch vorher bei ihm anmelden.

Da Benno nicht mehr an seinen Arbeitsplatz zurück muss, also die ganze restliche Woche frei hat und auch sonst keine Aufgaben auf ihn warten, kreisen seine Gedanken ständig um den Klon und er bezähmt nur mühsam seine Neugier auf die Resultate der Untersuchung durch den Assistenten. Am liebsten hätte er ihn jeden Tag mindestens zweimal angerufen.

Bevor die Woche noch um ist, am Freitag morgens um halb Sieben, weckt ihn das Telefon. „Die ganze Abteilung ist in Aufruhr". Benno erkennt die Stimme des Assistenten.

Beunruhigt fällt er ihm ins Wort: „Macht der Klon Scherereien. Isst er vielleicht nicht. Sicher ist er bloß heikel. Ich kenne das von unserer Katze?"

„Nein, im Gegenteil. Wir können uns seinen Appetit nicht erklären. Er verschlingt am liebsten Bedrucktes, verschmäht selbst nicht, was wir in den Papiercontainer geworfen haben: Zeitungen, Broschüren, Werbeprospekte. Von meinem Schreibtisch hat er sich sogar drei dicke medizinische Wälzer geholt und sie mit eigener Kraft in seinen Laufstall geschleppt. Man kann förmlich zusehen, wie er wächst und wächst."

Fast ist Benno ein wenig stolz auf seinen Klon und scherzt: „Wir sollten ihn Hesekiel nennen."

Verdutztes Schweigen. Benno erläutert: „Ich hab's aus der Bibel. Hesekiel hat mal ein Buch gegessen."

Der Assistent schlägt vor: „Kommen Sie doch gleich her. Sie sollten sich selber ein Bild von ihrem Klon machen."

„In einer halben Stunde bin ich bei Ihnen, bin gespannt darauf, wie er sich entwickelt hat."

Der Assistent empfängt Benno an der Pforte und führt ihn über mehrere Treppen und Gänge zu einer Kammer. „Das ist unsere Sammelstelle für Altpapier."

Mitten im Raum liegen ein paar abgelaufene Telefonbücher. Der Klon sitzt daneben in einem Laufstall, blickt finster vor sich hin und achtet nicht auf die Eintretenden.

„Er hat Hunger", bemerkt der Assistent, „aber Telefonbücher mag er nicht."

Auf den ersten Blick fällt Benno keine Ähnlichkeit zwischen ihm und sich auf. Dann erinnert er sich an ein paar alte Fotos. Genau wie dieser Knirps hat er als Vierjähriger ausgesehen: Blond, blauäugig und ein bisschen mollig.

„Bildhübsch ist er schon", schießt es Benno siedendheiß durch den Kopf, „aber vielleicht hat er keine Seele und die Befürchtungen der Kollegen sind doch berechtigt. Wenn der Klon weiter so gedeiht, ist er spätestens in einem Monat in der Pubertät und sieht mir gleich wie aus dem Gesicht geschnitten. Jedoch wird er nicht wissen, wie es auf der Welt zugeht und seine Gefühle nicht steuern können. Man sollte das Experiment besser abbrechen, bevor ein Unglück geschieht."

Über diese Ängste möchte er sich mit dem Assistenten jedoch nicht austauschen. Er will sich das erst mal durch den Kopf gehen lassen, bevor er sich dazu äußert. Der Assistent gibt zu, er sei noch nie mit einer solchen Situation konfrontiert gewesen, er will übers Wochenende die Fachliteratur zu Rate ziehen. Benno will sich seine Beunruhigung nicht anmerken lassen und verabschiedet sich. Bedrückt begibt er sich an seinen Schreibtisch in der Firma, um sich mit seinen Kollegen zu besprechen.

Sie teilen seine Besorgnis. „Hättest du nur auf uns gehört! Du solltest nicht länger zögern und sofort einschreiten!“

Benno greift zum Telefon. In der Abteilung für geklonte Säugetiere ist niemand mehr zu erreichen. Sie sind schon ins Wochenende gegangen. Vielleicht haben sie den Klon in die Abstellkammer gesperrt. Bei der Vorstellung schlägt Bennos Stimmung um. Er tut ihm jetzt leid. Gleich am Montag will er den Professor konsultieren. Der gilt als Kapazität, Benno hat schon oft von ihm gehört. Dieser Gedanke beruhigt ihn einigermaßen.

Am Montagmorgen ist Benno nervös und unausgeschlafen. Die Pförtnerloge im Institut ist unbesetzt, die Eisentür steht offen. Ihm wäre es lieber, man hätte ihn an der Pforte abgeholt; natürlich verirrt er sich in den weitläufigen Gängen. Möbelpacker in grünen Overalls transportieren schwere Schreibtische. Die Abteilung wirkt verlassen. Die Arbeiter antworten auf seine Frage bloß mit Kopfschütteln. Entweder es kennt keiner den Doktor Manuel Großkopf oder sie sprechen nicht Deutsch. In einem ausgeräumten Büro erblickt er endlich einen Institutsmitarbeiter, der ihm bekannt vorkommt. Von ihm erfährt er, die Abteilung sei umgezogen, aber er wisse nicht wohin. Mehr will oder kann er Benno nicht sagen. Und von dem Klon hat er angeblich noch nie was gehört.

Wenigstens findet Benno ohne große Umwege den Ausgang. Die Pförtnerloge ist inzwischen besetzt. Der Pförtner nimmt seinen Job nicht mehr so genau, aber immerhin behauptet er – offenbar als einziger in der Abteilung – seinen Platz. Er lässt sich diesmal sogar auf ein Gespräch mit Benno ein.

Benno, so empfiehlt er, solle sich in der Residenz nach dem Aufenthalt seines Klons erkundigen, und überreicht ihm einen Prospekt. Die Abteilung für geklonte Säugetiere lädt zu einer Tagung ein. Das Motto der Tagung mit Vorträgen unterschiedlicher Fachleute und anschließender Diskussionen lautet „Haben Klone eine Seele?“ Das ist genau die Frage, die sich Benno selber seit Freitag letzter Woche stellt.

Er eilt sofort zur Residenz. Ältere Herren in schwarzen Anzügen stehen in Gruppen im blauen Saal zusammen. Cocktails werden gereicht. Die meisten Teilnehmer sind – ihrem Gebaren und ihrem Habitus nach zu urteilen – Theologen. In seinem hellen Sommeranzug fällt Benno auf. Sie halten ihn offenbar für einen Journalisten und geben ihm bereitwillig Auskunft: Selbstverständlich besitze ein Klon keine

Seele, darin seien sie sich einig. Geklonte Menschen seien keine echten Menschen, sondern in Wirklichkeit Zombies. Ihre Züchtung führe zu unabsehbaren Gefahren für die gesamte Menschheit. Man müsse die Öffentlichkeit aufrütteln und rechtzeitig warnen. Noch heute Abend werde die Ethikkommission bei einer Pressekonferenz das Ergebnis der Tagung bekannt geben.

Benno erhebt seine Stimme und fragt in die Runde: „Warum veranstaltet man gerade jetzt einen Kongress über dieses Thema. Besteht denn dazu ein aktueller Anlass."

Die Mienen verfinstern sich, als habe er einen wunden Punkt berührt. Die Herren stellen Gegenfragen. Ob Benno wirklich Journalist sei. Was er überhaupt mit der Angelegenheit, um die es hier ginge, zu tun habe. Ob er etwa gar darin verwickelt sei. Ehe sie ihm weiter auf den Zahn fühlen, verlässt Benno schleunigst die Residenz.

Die nächsten Tage widmet er der Suche nach dem Klon. Benno wandert von Behörde zu Behörde. Doch niemand kann ihm sagen, welche Dienststelle für Retortenbabys zuständig ist. Er erfährt lediglich eine einzige Adresse. Und die ist ausgerechnet die des Instituts für Reproduktionsbiologie, in der er selber bis vorige Woche angestellt war. Das bringt ihn auf den Gedanken: Vielleicht ist es kein Fehler, wenn er sich an seinem alten Arbeitsplatz aufhält und das Telefon hütet. Womöglich hat sich inzwischen sogar der Assistent gemeldet oder er tut es noch.

Herr Wunder hat alle Kollegen nach Hause geschickt, Benno sitzt allein im Büro, langweilt sich und das Telefon schweigt sich aus; er hat viel Zeit nachzudenken. Seine Ängste kehren verstärkt zurück. Er befürchtet, der Klon könnte ihm seine gesamte Zukunft verderben. Er könnte Unheil anrichten und man würde unweigerlich über den Klon auf ihn stoßen und ihm die Schuld in die Schuhe schieben.

Acht Tage vergehen; Herr Wunder duldet Benno nicht mehr im Büro. Benno setzt seine Nachforschungen von zu Hause aus fort, telefoniert mit Ärzten, Biologen und Humanwissenschaftlern. Angeblich hat keiner von ihnen je von dem Klon gehört.

Bennos Name ist in diesen Kreisen durch seine wissenschaftliche Tätigkeit nicht unbekannt. Bei manchem der Angerufenen hört Benno heraus, dass der ihn für verrückt hält, nachdem er sein Problem geschildert hat. Benno stellt seine Telefonaktion deshalb nach zwei Tagen ein, um sich seinen Ruf nicht komplett zu verderben.

Der Klon bleibt verschollen. Aber die Angst vor einer drohenden Katastrophe belastet Benno. Obwohl er sich nichts davon erwartet, geht er nochmals dorthin, wo er den Klon abgeliefert hat, zur Abteilung für geklonte Säugetiere.

Der Pförtner sitzt in seiner Loge und liest Zeitung. Als Benno vorbeikommt, schaut er auf und winkt ihm freundlich zu. Außer dem Pförtner scheint es im Gebäude keinen Menschen zu geben. Das Institut wirkt ausgestorben, leere Zimmer und Gänge. Gerade als

Benno unverrichteter Dinge umkehren will, entdeckt er durch eine offene Tür einen grauhaarigen Herrn, der allerlei Papiere in einen Tresor legt. Sein Gesicht ist Benno von einer Abbildung in einer wissenschaftlichen Zeitung her bekannt. Es ist der Professor Großkopf.

Benno spricht ihn an: „Sie haben hier im Institut einen Klon von mir, der gefährlich werden kann. Sie müssen sofort etwas unternehmen."

Zu sagen, dass man den Klon töten müsse, wagt er nicht vorzuschlagen, das will ihm nicht über die Lippen.

Der Professor macht ein verdutztes Gesicht. Augenscheinlich ist ihm die Ähnlichkeit zwischen dem Klon und Benno aufgefallen. Der Assistent hat dem Professor offenbar nichts von Benno erzählt. Vielleicht, so vermutet Benno, steckt dahinter interne Rivalität. Der Professor gibt zu, sie hätten in der Tat einen Klon hier im Institut, der die gesamte Universitätsbibliothek verschlungen habe. Gerade habe er einige wichtige Unterlagen im letzten Moment vor dem Klon in Sicherheit gebracht und sie in den Tresor gelegt.

„Folgen Sie mir", fordert er Benno barsch auf und führt ihn an Reihen leerer Regale vorbei in die Nachbarabteilung für Bioethik.

An der Tür zu einem großen holzvertäfelten Raum verabschiedet der Professor sich mit den Worten: „Ich muss dringend telefonieren und lasse Sie jetzt mit dem Klon allein."

Der Klon sitzt über einen dicken Wälzer gebeugt. Vor ihm türmt sich ein Stapel Bücher. Es sind

– wie Benno sofort erkennt – Standardwerke der Paläoanthropologie, Genetik, Biogenetik und Eugenik. Als der Klon Benno erblickt, erschrickt er sichtlich.

Der Klon ist inzwischen voll ausgewachsen und sähe aus wie Bennos Zwilling, wenn dieser dreißig Jahre jünger wäre. Die Statur des Klons ist freilich athletischer als die Bennos jemals war. Sie verharren beide eine ganze Weile schweigend. „Wie mag es um seine Seele bestellt sein, ob er wohl eine hat?“, überlegt Benno. Offenbar errät der Klon Bennos Gedanken und erblasst mit einem Mal, als hinge von der Antwort auf diese Frage für ihn Sein oder Nichtsein ab.

Er sagt zaghaft: „Ich bin Lyriker.“

Auf alles andere ist Benno gefasst, nur nicht darauf, dass der Klon spinnt. Benno fehlen die Worte. Im Umgang mit Irren hat er keine Erfahrung. Der Klon nützt Bennos Sprachlosigkeit aus und beginnt leise, fast beschwörend zu sprechen und rezitiert all die Gedichte aus der Weltliteratur, die Benno am meisten liebt und die er sich im Unterschied zu dem Klon leider nie hat merken können.

Sein Vortrag nimmt Benno derart gefangen, dass er seine Vorbehalte und Ängste vergisst. Mit einem Gedicht von Benn findet er einen Übergang zur Existenzphilosophie.

Daraus ergibt sich ein lebhaftes philosophisches Gespräch. Mit Erstaunen stellt Benno fest, dass der Klon auf allen Wissensgebieten – und dies bis ins Detail – beschlagen ist. Darüber hinaus entwickelt er eigene Gedanken, die vor allem seine Existenz als

Klon betreffen, und damit zusammenhängend geht es ihm um die Frage nach dem Wesen des Menschseins überhaupt.

Benno nimmt sich vor, den Ideen des Klons einmal eine gesonderte Abhandlung zu widmen. Er notiert sich einige seiner Aussprüche.

Der Funke Leben kann auf verschiedene Weise entflammen: auf die herkömmliche Art, gleichsam mit dem Reibeholz, oder man lässt ihn durch kräftiges Schütteln im Reagenzglas auflodern, oder man klont ihn wie das olympische Feuer.

Die DNS ist ein Katalysator, durch den sich Körper und Seele miteinander verbinden.

Die biologische Substanz ist von einer Beschaffenheit, die Bewusstsein entstehen lassen kann, die Feineinstellung dazu geschieht im Gehirn.

Klon und Kirche: Endlich ist wieder einer frei von der Erbsünde.

Wer dem Zölibat unterliegt, aber Nachwuchs wünscht, für den bietet sich an, sich klonen zu lassen.

Im Körper hat sich all das Unfassbare der Seele verwirklicht, ist fassbar geworden, wenn auch nur vorübergehend, bis es nach dem Tod wieder unfassbar wird.

Kannst du mir sagen, wer von beiden recht hat, Klages oder Heidegger. Ist die Zeit nun die Seele des Raums oder ist sie der Sinn des Seins.

Als Nebenfiguren spielen im Bewusstseinshintergrund nicht nur die Ahnen der Menschheitsgeschichte mit, sondern sogar die Tierahnen.

Jeder trägt in sich seinen eigenen Abgrund. Man nennt es „Das Unbewusste".

Da die Bilder der Seele vor dem Verstand zurückweichen, können sogenannte Verstandesmenschen nie erfahren, was im Gemüt des Künstlers vorgeht.

Nach ungefähr zwei Stunden ist der Klon sich anscheinend sicher, dass er Benno von seinen seelischen und geistigen Qualitäten überzeugt hat.

Unvermittelt springt er auf und ruft aus: „Komm mit, ich werde dir zeigen, dass ich auch körperlich fit bin."

Benno versucht diesen Überschwang zu dämpfen: „Das musst du nicht, ich glaube es dir unbesehen, du brauchst es mir nicht erst zu beweisen."

Der Klon lässt sich nicht von seinem Vorsatz abhalten. Er läuft aus dem Raum und Benno ihm hinterher. Durch einen Seitenausgang gelangen sie direkt auf die Hauptstraße.

Gerade rumpelt ein dicker LKW um die Ecke. Der Klon hüpft vom Bürgersteig und wirft sich direkt vor den LKW. Sechs schwere Reifen überrollen ihn. Benno ist entsetzt: Schade, jetzt macht er das, was ich selber ihm nicht mehr antun wollte, er macht seinem Leben ein Ende.

Der Fahrer hält an und steigt leichenblass aus dem Führerhaus. Gerade als Benno bewusst wird, was für einen Verlust er erlitten hat, und wahrscheinlich die ganze Menschheit, kriecht der Klon hinter dem Heck des LKWs hervor und springt auf die Beine. Er hat keine einzige Schramme abbekommen. Ein Dutzend Passanten bleibt stehen und umringen ihn.

„Warum wundert ihr euch“, wendet er sich an die Runde, „in Indien kann das jeder Yogi vorführen, sie lassen sich reihenweise von LKWs überfahren, wenn die Touristen es verlangen.“

Die Passanten regen sich auf; die einen halten diese Vorführung für einen Trick und überhaupt den Klon für einen Schwindler, die andern, die Wundergläubigen, würden ihn am liebsten auf die Schultern heben und betrachten ihn als eine Art Übermensch, Guru, oder was auch immer; die Meinungen prallen aufeinander; die Stimmung ist aufgeheizt wie kurz vor einer Schlägerei. Durch die Hintertür des Instituts für Bioethik betritt jetzt der Professor die Szene.

„Alle zurücktreten“, ruft er aus, „hört mich an, der da ist ein Klon, ich habe mich im Präsidium erkundigt, seine Existenz ist widernatürlich, ich habe inzwischen die Polizei verständigt.“

Mehrere Polizeiwagen rücken mit Sirenengeheul heran und versperren in beiden Richtungen die Straße. Vermummte Scharfschützen postieren sich hinter dem LKW.

Der Professor erregt sich: „Nicht schießen, nehmt ihn fest. Er muss wissenschaftlich einwandfrei eliminiert werden.“

Auch die Stimmung der Anhänger des Klons schlägt um, alle sind sie nun gegen ihn. Einzelne aus der Menge, die inzwischen auf über hundert Leute angewachsen ist, rufen aus: „Nieder mit dem Klon.“

Benno schaltet sich ein: „Er hat doch nichts verbrochen!"

Aber niemand hört auf ihn, keiner nimmt von seinen Worten Notiz. Benno fühlt sich machtlos und mit einemmal elend traurig. Ihm fällt nichts dazu ein, wie er das Leben des Klons retten könnte. Auch der Klon scheint zu resignieren, er leistet keinen Widerstand, drei bewaffnete Polizisten in Zivil führen ihn ab.

Ein paar Stunden später lädt der Professor die Presse in den Konferenzsaal des Instituts für Bioethik zu einer Presskonferenz ein. Benno besitzt zwar keinen Presseausweis, aber da er mit dem Pförtner gut bekannt ist, lässt der ihn ungehindert passieren.

Der Professor stellt den Klon vor der Presse hin, als sei dieser ein Außerirdischer, der die gesamte Menschheit bedrohe. Unter den Presseleuten ist keiner, der sich für den Klon einsetzt. Wichtiger als das Leben des Klons, so scheint es Benno, ist für die Journalisten eine reißerische Schlagzeile.

Wenn der Klon anwesend wäre und ihn die Presseleute befragten, er würde sie davon überzeugen, dass niemand vor ihm Angst zu haben brauche, dass er für niemand eine Bedrohung darstelle. Aber er sitzt ja irgendwo hinter Schloss und Riegel und Benno weiß nicht wo und kann nichts für ihn tun.

Das Unfassbare soll schon am nächsten Morgen geschehen. Man will seinen Leichnam obduzieren, seinen Tod wissenschaftlich auswerten. Benno ist zumute, als ginge es um sein eigenes Ende. So schwer es ihm wird, er möchte ihn noch einmal sehen, sich von ihm verabschieden, und sei es nur durch Blickaustausch.

Am nächsten Tag findet Benno sich um sieben Uhr morgens an der Pforte ein. Der Pförtner gibt bereitwillig Auskunft darüber, wo die Prozedur stattfinden soll. Der Gebäudetrakt, in dem die Abteilung für Bioethik untergebracht ist, beherbergt auch ein kleines Museum. Es verdankt seine Existenz einem Hobby des Professors. Dieser sammelt Folterwerkzeuge und Foltergeräte aus dem Mittelalter bis in die Gegenwart. In einem kahlen, weißgekalkten Raum steht das Renommierstück seiner Sammlung, ein originaler elektrischer Stuhl aus Kalifornien.

Benno wusste zwar vorher schon von der Existenz des Museums, hatte es aber aus Abscheu davor nie besichtigt und nahm bisher an, das Museum solle der Abschreckung dienen, der Professor verfolge einen humanitären Zweck. Aber offensichtlich ist das ein Irrtum. Der Professor lauert längst schon auf einen Anlass für eine Hinrichtung, um die Maschine in der Praxis auszuprobieren.

Sie haben den Klon auf dem elektrischen Stuhl angeschnallt. Ein Dutzend Professoren und Theologen, von denen Benno einige aus der Tagung in der Residenz bekannt sind, haben sich versammelt und starren den Klon gespannt und erwartungsvoll an. Den Eingang des kahlen Raums besetzen Polizisten. Der Klon wirkt gelassen, als sei er mit seiner Hinrichtung einverstanden. Ein kleiner Mann mit verbitterten Gesichtszügen schaltet den Strom ein.

Der Klon verzieht keine Miene, plötzlich aber reißt er sich los und entwindet einem der Polizisten den Revolver mit den Worten: „Es könnte sein, dass ihr jetzt alle sterben müsst!"

Benno ist bestürzt: „Unsereiner bringt doch niemand um; sollte er jetzt wirklich um sich schießen und jemand verletzen, ich könnte ihm das nie verzeihen, die Erinnerung an unsere Freundschaft wäre mit einem Makel belastet. Aber warum wehrt er sich überhaupt, er hat doch gegen die Übermacht sowieso keine Chance."

Die Polizisten jedoch verlässt der Mut, sie stehen jetzt wie Zinnsoldaten da, rühren keinen Finger, scheinen wie in Katatonie verfallen, wie unter Hypnose. Benno selber ist eigentlich nicht überrascht, irgend so eine ungewöhnliche Reaktion hat er insgeheim fast erwartet. Hier spielen andere Kräfte mit hinein, mentale Energien, wie sie in der Vergangenheit gelegentlich bei außergewöhnlichen Menschen auftraten, die sich die Wissenschaft bis heute nicht erklären kann.

Der Klon gibt den Revolver zurück und meint mit einem Lächeln, er habe nur Spaß gemacht.

Ein Aufatmen der Erleichterung geht durch den Raum, und Benno ist wieder stolz auf seinen Klon. Hierzu gibt es in den nächsten Tagen noch manche Gelegenheit. Die Presse lobt die Kaltblütigkeit des Klons, die er in dieser für ihn lebensbedrohlichen Situation bewahrt habe, und sie rühmt seinen Großmut und seine Souveränität. Benno ist seit diesem Ereignis nicht mehr an den Klon herangekommen. Aber aus der Fachpresse erfährt er, man habe seine Fähigkeit zu außersinnlicher Wahrnehmung und Psychokinese untersucht. Er wird durch die Laboratorien geschleust, weitergereicht von Wissenschaftler zu Wissenschaftler, riskante Tests werden durchgeführt, die er sich anstandslos gefallen lässt. Die Wissenschaftler werden daraus jedoch nicht klüger. Der Klon behält sein Geheimnis für sich.

Bericht aus Prag

Nach Bennos Ankunft in Prag wird er gleich am ersten Tag krank und muss das Bett hüten. Der Arzt, den seine besorgten Wirtsleute gerufen haben, kann sich nicht erklären, was ihm fehlt. Organisch sei er völlig gesund, konstatiert der Arzt. Trotzdem fühlt Benno sich so schwach, dass er das Zimmer nicht verlassen kann. Die Stadt kennt er bisher nur aus der Literatur. Er ist hergekommen, weil er dem Golem und anderen Mysterien, über die er gelesen hat, nachspüren möchte. Aber nun, so fürchtet er, würde wohl nichts daraus.

Eines Morgens schaut ein Mann zum offenen Fenster in Bennos Zimmer. Der Mann ruft ihm zu, Benno solle ihn besuchen, er könne ihm helfen. Benno hat den Eindruck, als kenne der Mann ihn, er hingegen kann sich nicht an ihn erinnern, geschweige denn, er wüsste, wo der wohnt. Der Mann sieht aus, als verfüge er über geheimes Wissen: dunkelhaarig, bleich, markante Züge, genauso wie sich Benno immer einen Magier vorgestellt hat. Und wegen der magischen Künste ist Benno schließlich nach Prag gekommen.

Die Wirtsleute raten ihm ab, sich auf diesen Magier einzulassen, bestimmt sei der ein Scharlatan, von denen es in Prag so viele gebe. Die Warnung hält Benno keineswegs ab, sie macht ihn im Gegenteil noch neugieriger.

Da Benno sich nach einigen Tagen besser fühlt, rafft er sich auf und geht auf die wohl ziemlich aussichtslose Suche nach jenem „Scharlatan". In der Nähe der Prager Burg bleibt er vor einer Buchhandlung stehen und blickt durch das Schaufenster auf die hohen Regale voll wertvoller antiquarischer Bücher. Die Atmosphäre solcher Buchhandlungen zieht ihn geradezu magnetisch an. Ein älterer, beleibter Buchhändler bedient einige Kunden. Benno tritt nach einigem Zögern ein und fragt den Buchhändler, ob der Kompagnon im Hause sei. Benno kann sich nicht erklären, was ihn zu der Frage veranlasst.

Tatsächlich kommt der Kompagnon gleich darauf aus einem Nebenzimmer hervor, in das Benno einen kurzen Blick hineinwerfen kann. Offensichtlich befasst der Mann sich mit dem Studium alchemistischer Handschriften, die kreuz und quer auf einem Renaissanceschreibtisch liegen. Der Kompagnon wirkt keineswegs überrascht Benno zu sehen.

Bevor Benno überhaupt eine Frage stellen kann, erklärt der Mann, er habe ihn erwartet, und erläutert, warum sich Benno besser fühle. Das habe mit zwei tödlich miteinander verfeindeten Pragern zu tun, der eine sei bis vorgestern taub, der andere blind gewesen, seit gestern seien sie von ihren Gebrechen geheilt und hätten sich obendrein versöhnt. Was aber geht mich das an, will Benno wissen.

Ausgerechnet Bennos Bett in der Pension, so erklärt der Magier weiter, stehe im Schnittpunkt der unheilvollen Schicksale dieser beiden Männer. Und alles Übel sei dadurch auf Benno abgeleitet worden, was ihm – wie sich denken lässt – schwer zugesetzt habe, aber dank schamanistischer Kräfte, über die Benno verfüge, ohne sich derer selbst bewusst zu sein, sei alles zu einem guten Ende geraten.

Der Prager ist Astrologe, und Benno besucht ihn bis zu seiner Abreise in einer Woche regelmäßig jeden Nachmittag. Benno fühlt sich zu dem Mann hingezogen, obwohl er ihm reichlich verrückt vorkommt. Er stellt Benno das Horoskop und auch das Wandas. Was Benno über sich und Wanda erfährt, klingt für ihn geradezu närrisch.

„Wanda und Benno lebten vor Zeiten als Herrscherpaar auf einem fernen Planeten. Auf diesem Planeten gab es eine Zivilisation, die der auf der Erde ähnelte. Sie wurde durch den Zusammenstoß mit einem Kometen ausgelöscht. Einige Wenige verließen vor drei Millionen Jahren gerade noch rechtzeitig vor der Katastrophe den Planeten mit einem Raumschiff, sie landeten nach langer Irrfahrt auf der Erde. Aus Wandas und Bennos Horoskop ergibt sich unumstößlich, sie beide sind dazu ausersehen, die Zivilisation auf diesem fernen Planeten wieder aufzubauen.“

Er überreicht Benno zwei Billets. Benno schaut sich in seiner Pension die Billets genauer an. Gotische Versalienschrift. Der Astrologe hat sie anscheinend selbst angefertigt. Es handelt sich um Fahrkarten für das Raumschiff Enterprise.

Nachschrift

Wir benützen die letzten Minuten vor unserem Abflug für ein paar Zeilen an euch. Endlich reisen wir nun dorthin, wohin es uns schon lange gezogen hat. Auf dem Flugplatz herrscht ein heilloses Durcheinander. Während ich diesen Brief schreibe, passt Wanda auf die Koffer auf.

Für alle, die mitfliegen, ist es ein Abschied für immer, und die meisten haben kein Gepäck und schielen auf unsere Koffer. Bis auf das in den Koffern verstaute Wissen muss man alles zurücklassen, was man im Lauf seines Lebens erworben hat. Für mehr wäre im Raumschiff kein Platz.

Es bieten sich genug Leute an, die einem die Koffer schleppen möchten. Und hernach fehlt einem dann die Hälfte. Übrigens trifft man hier am Flugplatz auf Menschen, die man vor Jahren schon aus den Augen verloren hat. Erinnert Ihr Euch an Heidi. Sie zeigte uns vorhin Fotos, auf denen sie Arm in Arm mit Rita abgebildet ist. Rita ist noch nicht eingetroffen. Als ihr Mann verstarb, zog sie nach Nürnberg, von da an hatten wir den Kontakt mit ihr verloren.

Ich weiß nicht, wer die Passagierlisten zusammengestellt hat. Anscheinend achtet er darauf, dass sich die Leute untereinander kennen. Egal ob als Freund oder als Feind. Da fällt mir gerade ein, ich habe meine Manuskripte zurückgelassen. Sie liegen im Schreibtisch in der untersten Schublade. Ihr könnt damit machen, was ihr wollt. Ich bin sicher, Ihr werdet diesen Planeten irgendwann auch verlassen, und dann gibt es ein Wiedersehen.

Bis dahin alles Liebe

Benno und Wanda

Weitere Bücher im
SALON *Literatur*VERLAG

GÁBOR GÖRGEY: **Sirene der Adria**, Der 1. Roman aus dem Zyklus „Der letzte Bericht von Atlantis" des vielfach ausgezeichneten ungarischen Schriftstellers. 2000 in Ungarn mit dem Buch-des-Jahres-Preis ausgezeichnet. Mit einem Vorwort des Nobelpreisträgers Imre Kertész. Ca. 250 Seiten, Gebunden, Riffelpapier, Preis: 19,80 EUR, ISBN 3-9809635-0-0.

VERENA LIEBERS: **Nestel**, Roman, Portrait eines Außenseiters. Nestel, der Einzelgänger, lebt in seiner eigenen kleinen Welt. Als er einer jungen Frau das Leben rettet und sich in sie verliebt, gerät sein autistisch geprägtes Leben in Gefahr. Er muss Grenzen überwinden. 213 Seiten, Geb., Riffelpapier, Preis: 17,20 EUR. ISBN 3-9809635-2-7.

VERENA LIEBERS: **Das Schattenmädchen**, Roman über eine ungewöhnliche Liebe. Wer ist Nova? In Novas Körper wohnen noch weitere Personen. Ist eine solche Liebe möglich. Nur langsam wird das Geheimnis Novas sichtbar, bis Wahrheit, Befreiung und Tod auf dramatische Weise zueinander finden. 201 Seiten, Geb., Riffelpapier, Preis: 17,20 EUR. ISBN 3-9805759-4-2.

VERENA LIEBERS: **Kleine Welt**, Fünf Erzählungen, die einfühlsam und bewegend den menschlichen Alltag beschreiben. Mit der preisgekrönten Geschichte um Ignaz Püttering, den Mann, der für alles zu klein ist - sagt seine Frau. 170 Seiten, Gebunden, Riffelpapier, Preis: 13,50 EUR. ISBN 3-9805759-3-4.

CHRISTA DEGEN: **Eine Frau, ein Mann, eine Frau**, Kurzroman über zwei Frauen und einen Mann, die aus ihren bisherigen Leben ausbrechen und sich in das Berlin der Wendezeit stürzen. Für kurze Zeit können sie sich von allen Belastungen freimachen. Aber das Glück ist ein leuchtender Komet, der sie nur streift und sich dann wieder entfernt. Pb, Preis: 11,80 EUR. ISBN 3-9809635-8-6.

ELFIE A. VETTER: **Bastard**, die Geschichte von Marie, um deren Herkunft stets ein großes Familiengeheimnis aufgebaut wurde. „Es ist Krieg“, sagt ihre Großmutter, und „du hast Glück, während andere Väter fallen, hast du gleich zwei Väter.“ Marie will Gewissheit.
Elfie A. Vetters Sprache ist verdichtet, gedrängt, manchmal schier atemlos ... (Stefan Mühleisen, SZ)
128 Seiten, handgeb., Preis. 18,90 EUR.
ISBN 3-9809653-7-8

ILIO TOGNONI: **Eine italienische Begebenheit**, der autenthische Fall des jungen italienischen Künstlers Franco, der wegen 4o unterschlagener Bücher im Wert von ca. 300 EUR für mehr als zehn Jahre ins Gefängnis muss. Ein ergreifendes Dokument über Ungerechtigkeit, Hoffnung und Liebe. 128 Seiten, Gebunden, Riffelpapier, Preis: 14,50 EUR. ISBN 3-9805759-6-9.

ILIO TOGNONI: **Das Dorf in der Toskana**, die Geschichte der Sommerferien des jungen Stefano in Lajatico, dem „Dorf in der Toskana“. In ihrem Vorwort schreibt Franca Magnani „ ... ist das Ergebnis einer ausgereiften Kunst und an vielen Stellen voll zarter Schönheit“. 122 Seiten, Gebunden, Riffelpapier, Preis: 15,80 EUR. ISBN 3-9939321-01-X.

EMILIO BORCHI, RENZO MACII, GIACOMO RICCI: **Barsanti & Matteucci, die Väter des Verbrennungsmotors**. Die Geschichte des Verbrennungsmotors reicht weit zurück ins 19. Jahrhundert. Vor mehr als 150 Jahren wurde der Grundstein für die weltweite Motorisierung gelegt, die heute ganz wesentlich mit dem Namen Nikolaus A. Otto verbunden wird. Tatsächlich aber wurden bereits 10 Jahre vor dem be-

rühmten Deutschen die wichtigsten Grundlagen für die Entwicklung des Verbrennungsmotors gelegt. Eugenio Barsanti und Felice Matteucci waren hier bahnbrechend. Das Buch erzählt eindrucksvoll die Entwicklung des Motors, das Schicksal seiner Erfinder und die persönliche Tragik der beiden kongenialen Personen, die zum Niedergang und zum Vergessen ihrer historischen Erfindung geführt haben.
192 Seiten, Gebunden, Ln, Schutzumschlag. Mit zahlreichen Dokumenten und Bildern. Preis: 49,00 EUR. ISBN: 3-9809635-6-X

F.W.FUNGARTE: **Zeit der Krebse**, Sieben exemplarische Erzählungen, z.B. „Sisyphus´ Traum" - der Generalsekretär der Vereinten Nationen in der Rolle des modernen Sisyphus. 240 Seiten, Gebunden, Schutzumschlag, Preis: 16,50 EUR. ISBN 3-9805759-1-8.